Esta é uma publicação Principis, selo exclusivo da Ciranda Cultural
© 2023 Ciranda Cultural Editora e Distribuidora Ltda.

Traduzido do original em inglês
The magic of Oz

Texto
L. Frank Baum

Editora
Michele de Souza Barbosa

Tradução
Francisco José Mendonça Couto

Preparação
Otacílio Palareti

Revisão
Fernanda R. Braga Simon

Produção editorial
Ciranda Cultural

Diagramação
Linea Editora

Design de capa
Edilson Andrade

Imagens
welburnstuart/Shutterstock.com;
Juliana Brykova/Shutterstock.com;
shuttersport/Shutterstock.com

Dados Internacionais de Catalogação na Publicação (CIP) de acordo com ISBD

B347e	Baum, L. Frank
	A magia de Oz / L. Frank Baum ; traduzido por Francisco José Mendonça Couto. - Jandira, SP : Principis, 2023.
	160 p. ; 15,50cm x 22,60cm. (Terra de Oz; v. 13)
	Título original: The magic of Oz
	ISBN: 978-65-5552-789-6
	1. Literatura americana. 2. Amizade. 3. Magia. 4. Dorothy. 5. Fantasia. I. Couto, Francisco José Mendonça. II. Título. III. Série
2022-0718	CDD 813
	CDU 821.111(73)-3

Elaborado por Lucio Feitosa - CRB-8/8803

Índice para catálogo sistemático:
1. Literatura americana : 813
2. Literatura americana : 821.111(73)-3

1ª edição em 2023
www.cirandacultural.com.br
Todos os direitos reservados.
Nenhuma parte desta publicação pode ser reproduzida, arquivada em sistema de busca ou transmitida por qualquer meio, seja ele eletrônico, fotocópia, gravação ou outros, sem prévia autorização do detentor dos direitos, e não pode circular encadernada ou encapada de maneira distinta daquela em que foi publicada, ou sem que as mesmas condições sejam impostas aos compradores subsequentes.

Esta obra reproduz costumes e comportamentos da época em que foi escrita.

Um registro fidedigno das notáveis aventuras de Dorothy, Trot e o Mágico de Oz juntamente com o Leão Covarde, o Tigre Faminto e o Capitão Bill na bem-sucedida busca por um bonito e mágico presente de aniversário para a princesa Ozma de Oz.

L. Frank Baum
Historiador Real de Oz

SUMÁRIO

Aos meus leitores 9

Monte Munch 11

O gavião 17

Dois sujeitos maus 21

Conspiradores 30

Um cantinho feliz de Oz 33

Os presentes de aniversário de Ozma 40

A Floresta Gugu 50

Os Le-Mac-Ags criam encrenca 54

A ilha da Flor Mágica 61

Gruda rápido 68

Os animais da Floresta Gugu 74

Kiki usa sua magia 79

A perda da bolsa preta 86

O Mágico aprende a palavra mágica 95

O Pato Solitário 103

A Gata de Vidro encontra a bolsa preta 112

Uma viagem notável 120

A magia do Mágico 127

Dorothy e os abelhões 132

Os macacos são importunados 137

A Faculdade de Artes Atléticas 143

A festa de aniversário de Ozma 146

A Fonte do Esquecimento 154

AOS MEUS LEITORES

Curiosamente, nos acontecimentos que tiveram lugar nos últimos anos em nosso "grande mundo externo", podemos encontrar incidentes tão maravilhosos e inspiradores que não posso deixar de compará--los com as histórias da Terra de Oz.

Contudo, *A magia de Oz* é uma história de fato mais estranha e extraordinária do que tudo o que li ou ouvi do nosso lado do grande Deserto de Areia, que nos isola da Terra de Oz, mesmo durante esses últimos e incríveis anos, então espero que ela agrade à sua paixão por ser novidade.

Uma longa doença deixou-me confinado e impediu-me de responder a todas as belas cartas que me foram enviadas – mas de agora em diante espero poder dar pronta atenção a todas as cartas que meus leitores me enviarem.

Asseguro que meu amor por vocês nunca diminuiu e espero que os livros de Oz continuem a dar-lhes tanto prazer em ler quanto eu tenho de escrevê-los.

Afetuosamente, L. Frank Baum,
Historiador Real de Oz
Hollywood, Califórnia, 1919

MONTE MUNCH

Do lado leste da Terra de Oz, no País dos Munchkins, existe uma alta colina chamada Monte Munch. De um lado, a parte de trás dessa colina chega a tocar o Deserto Mortal, área de areia que separa a Terra Encantada de Oz do resto do mundo; mas, do outro lado, a colina toca o belo e fértil País dos Munchkins.

Os habitantes do País dos Munchkins, contudo, apesar de viverem bem ao lado do Monte Munch, conhecem muito pouco dele. Isso porque, quando se chega a um terço da subida, as encostas do morro tornam-se muito íngremes para subir, e, se alguém por acaso mora no topo desse grande pico, que parece chegar perto do céu, os Munchkins não têm conhecimento do fato.

Mas há pessoas que moram lá, mesmo assim. O alto do Monte Munch tem a forma de um pires, amplo e fundo, e no pires existem campos em que crescem cereais e vegetais, nos quais os rebanhos alimentam-se, por onde correm riachos e onde há árvores que produzem todo tipo de fruto. Existem casas espalhadas aqui e ali, cada uma com sua família de Hyups, que é a forma como essas pessoas autodenominam-se. Os Hyups raramente descem a montanha, pela mesma razão que os Munchkins nunca sobem: as encostas são íngremes demais.

Em uma das casas vivia um velho e sábio Hyup chamado Bini Aru, que era um bom feiticeiro. Mas Ozma de Oz, que governa tudo na Terra de Oz, tinha emitido um decreto segundo o qual ninguém poderia praticar magia em seus domínios a não ser Glinda, a Bruxa Boa, e o Mágico de Oz. E, quando Glinda transmitiu essa ordem real para os Hyups por meio de uma águia de asas fortes, o velho Bini Aru imediatamente parou de praticar as artes da magia. Ele destruiu muitos de seus poderes mágicos e instrumentos de magia e depois honestamente obedeceu à lei. Ele nunca tinha visto Ozma, mas sabia que ela era a governante e devia obedecer a ela.

Havia apenas uma coisa que o entristecia. Ele tinha descoberto um novo e secreto método de transformação que era desconhecido de todos os outros feiticeiros. Nem Glinda, a Bruxa Boa, o conhecia, nem o pequeno Mágico de Oz, nem o doutor Pipt, nem o velho Mombi, nem ninguém que lidasse com artes mágicas. Era o segredo de Bini Aru. Por meio dele, era a coisa mais simples do mundo transformar qualquer pessoa em animal, pássaro ou peixe, ou qualquer outra coisa, e, inversamente, fazer a pessoa voltar a ser o que era, desde que o mágico soubesse pronunciar a palavra mística "Pyrzqxgl".

Bini Aru usou seu segredo muitas vezes, mas não para causar mal ou sofrimento aos outros. Se, por exemplo, estivesse andando por aí, longe de casa, e sentisse fome, poderia dizer: "Quero me tornar uma vaca – Pyrzqxgl!". Em um instante, ele seria uma vaca e então poderia comer capim e satisfazer sua fome. Todos os animais e pássaros poderiam falar, de modo que, quando a vaca não estivesse mais com fome, poderia dizer: "Quero ser Bini Aru de novo: Pyrzqxgl!", e a palavra mágica, pronunciada de modo adequado, instantaneamente faria com que ele recuperasse sua verdadeira forma.

Agora, é lógico, eu não me atreveria a escrever aqui essa palavra mágica de maneira tão clara se soubesse que meus leitores iriam pronunciá-la adequadamente e, assim, ser capazes de se transformar em outros seres. Mas é um fato que ninguém no mundo, a não ser Bini Aru, já foi capaz de pronunciar "Pyrzqxgl!" do jeito certo, de modo que penso que é seguro dar essa palavra para vocês. Seria bom, contudo, ao ler esta história em voz alta, tomar cuidado para não pronunciar Pyrzqxgl da maneira correta e evitar, assim, que todo perigo do segredo seja capaz de causar algum malefício.

Bini Aru, por ter descoberto o segredo da transformação instantânea, que não requeria nem instrumentos nem pós, nem produtos químicos nem ervas, e sempre funcionava perfeitamente, estava relutante em deixar essa descoberta tão maravilhosa permanecer inteiramente desconhecida de todo o conhecimento humano ou perdida. Resolveu não utilizar a palavra novamente, desde que Ozma o tinha proibido de fazê-lo, mas refletiu que Ozma era uma garota e, em algum momento, poderia mudar de ideia e permitir que seus súditos voltassem a praticar magia. Nesse caso, Bini Aru poderia outra vez transformar a si mesmo em outros seres de acordo com sua vontade... a menos, é claro, que esquecesse como era a pronúncia de Pyrzqxgl nesse meio-tempo.

Depois de refletir cuidadosamente sobre o assunto, ele resolveu escrever em algum lugar secreto a palavra e a maneira como deveria ser pronunciada, de modo que pudesse achá-la anos depois, mas onde ninguém mais pudesse encontrá-la.

Foi uma ideia muito inteligente, mas o que perturbou o velho feiticeiro foi descobrir um lugar secreto. Ele andou por todo o "pires" no alto do Monte Munch, mas não achou nenhum lugar onde pudesse escrever a palavra secreta e no qual os outros não esbarrassem com ela. Por fim, decidiu que ela deveria ser escrita em algum lugar de sua própria casa.

Bini Aru tinha uma esposa chamada Mopsi Aru, que era famosa por fazer ótimas tortas de mirtilo, e um filho chamado Kiki Aru, que não era famoso por nada. Era conhecido por ser zangado e desagradável, porque era infeliz, e era infeliz porque queria descer a montanha e visitar o grande mundo lá embaixo, e seu pai não o deixava. Ninguém prestava atenção em Kiki Aru, porque ele não se empenhava em nada, de qualquer modo.

Certa vez, houve um festival no Monte Munch, ao qual todos os Hyups foram. Foi realizado no centro do país, que tinha a forma de pires, e nesse dia todos limitavam-se a festejar e ser felizes. As crianças dançavam e cantavam; as mulheres enchiam as mesas com coisas gostosas para comer, e os homens ficavam tocando instrumentos musicais e relembrando contos de fadas.

Kiki Aru sempre ia a esses festivais com seus pais, e então sentava-se taciturno, fora do grupo, e não dançava nem cantava, nem mesmo conversava com as outras pessoas. De modo que o festival não o tornava mais feliz do que nos outros dias, e dessa vez ele disse a Bini Aru e a Mopsi Aru que não iria. Em vez disso, ficaria em casa e seria infeliz por conta própria, concluiu, e assim os pais alegremente o deixaram ficar.

Mas, logo que foi deixado sozinho, Kiki resolveu entrar na sala particular de seu pai, aonde não lhe permitiam ir, e ver se encontrava alguns dos instrumentos mágicos que Bini Aru usava para trabalhar e praticar feitiçaria. Ao entrar ali, Kiki tinha batido o dedo do pé em uma das tábuas do piso. Vasculhou todos os cantos e não encontrou nenhum resquício das coisas mágicas de seu pai. Tudo havia sido destruído.

Muito desapontado, começou a dirigir-se para a porta quando bateu o dedo na mesma tábua do piso. Aquilo o deixou pensativo. Examinando a tábua mais de perto, Kiki descobriu que ela tinha sido retirada e em seguida repregada, de maneira que havia ficado um pouco mais alta do que as outras. Mas por que seu pai havia tirado aquela tábua? Será que tinha escondido algum de seus instrumentos mágicos debaixo do piso?

Kiki pegou um formão e forçou a placa do piso, mas não encontrou nada ali embaixo. Estava prestes a substituir a tábua quando ela escorregou de sua mão e virou ao contrário, e ele viu alguma coisa escrita na parte de baixo. A luz era muito fraca, então ele levou a tábua até a janela e a examinou, e descobriu que as palavras escritas descreviam exatamente como pronunciar a palavra mágica Pyrzqxgl, que transformaria qualquer um em outra coisa instantaneamente e restabeleceria sua forma novamente assim que a palavra fosse repetida.

Nesse momento, Kiki Aru não percebeu imediatamente o segredo maravilhoso que tinha descoberto; mas pensou que poderia ser útil a ele e, pegando um pedaço de papel, fez ali uma cópia exata das instruções para pronunciar Pyrzqxgl. Então, dobrou o papel, colocou-o no bolso e recolocou a tábua do piso de modo que ninguém suspeitasse que tinha sido removida.

Depois disso, Kiki foi para o jardim, sentou-se embaixo de uma árvore e examinou cuidadosamente o papel. Ele sempre quisera sair do Monte Munch e visitar o grande mundo – especialmente a Terra de Oz –, e de repente lhe ocorreu a ideia de que, se conseguisse se transformar em um pássaro, poderia voar para qualquer lugar que quisesse conhecer e voar de volta quando tivesse vontade. Era necessário, contudo, aprender de cor a maneira de pronunciar a palavra mágica, porque um pássaro não tinha como carregar um papel com a palavra escrita, e Kiki seria incapaz de reassumir sua própria forma se esquecesse a palavra ou a sua pronúncia.

Então ele a estudou por um longo tempo, repetindo-a centenas de vezes em sua mente até ficar seguro de que não a esqueceria. Mas, para manter-se duplamente seguro, colocou o papel em uma lata, em uma parte esquecida do jardim, e cobriu a lata com pedrinhas.

A essa altura já estava ficando tarde, e Kiki desejava experimentar sua primeira transformação antes que seus pais voltassem do festival. Então colocou-se no pórtico da frente de sua casa e disse:

– Quero me tornar um pássaro grande e forte, como um gavião... Pyrzqxgl!

Pronunciou a palavra do jeito certo. Então, em um relâmpago, sentiu que sua forma tinha mudado completamente. Abriu as asas, pulou até a grade de cima do pórtico e disse:

– *Croc! Croc!*

Então, riu e disse a meia-voz:

– Imagino que seja esse o som engraçado que essa espécie de pássaro faz. Mas agora preciso experimentar minhas asas e ver se sou forte o suficiente para voar através do deserto.

Como tinha decidido fazer sua primeira viagem para a região fora da Terra de Oz, roubara o segredo de transformação e sabia que havia desobedecido à lei de Oz ao trabalhar com magia. Talvez Glinda ou o Mágico de Oz o descobrissem e o punissem, por isso seria uma boa tática manter-se completamente fora de Oz.

Lentamente Kiki subiu pelo ar e, repousando sobre suas amplas asas, flutuou em graciosos círculos sobre o topo em forma de pires da montanha. Daquela altura podia ver, para além das areias escaldantes do Deserto Mortal, outro país que deveria ser agradável de explorar, de modo que virou o corpo naquela direção e, com um forte bater de asas, começou o longo voo.

O GAVIÃO

Mesmo um gavião tem que voar alto se quiser cruzar o Deserto Mortal, pois de lá eleva-se constantemente fumaça venenosa. Kiki Aru sentiu-se doente e fraco na hora em que alcançou a boa terra novamente, pois não tinha conseguido escapar dos efeitos venenosos. Mas o ar fresco logo restaurou suas forças, e ele pousou em uma meseta plana e alta, que por isso se chamava Terralta. Logo a seguir fica um vale bem baixo, por isso conhecido como Terrabaixa, e esses dois países eram governados por João Massa ou Homem Pão-de--Gengibre, e por Filhote, o Querubim, seu primeiro-ministro. O gavião simplesmente parou ali o suficiente para descansar, depois voou para o norte e passou sobre um belo país chamado Terrafeliz, que era governado por uma adorável Boneca de Cera. Então, seguindo a curva do deserto, virou para o norte e pousou no alto de uma árvore, no Reino da Terra de Ninguém.

Kiki estava cansado da viagem e, como o sol estava se pondo, decidiu permanecer ali até a manhã seguinte. Do alto dessa árvore ele podia ver uma casa próxima, que parecia muito confortável. Um homem estava tirando leite de uma vaca no quintal, e uma mulher de rosto agradável veio até a porta e chamou-o para jantar.

Aquilo fez Kiki imaginar que espécie de comida os gaviões comiam. Sentiu fome, mas não sabia o que comer ou onde encontrar. Também achou que uma cama seria mais confortável para dormir do que o alto de uma árvore, então desceu até o chão e disse:

– Quero me tornar Kiki Aru de novo... Pyrzqxgl!

Na mesma hora ele reassumiu suma forma natural e, indo até a casa, bateu à porta e perguntou se havia alguma coisa para jantar.

– Quem é você? – perguntou-lhe o homem da casa.

– Um estrangeiro da Terra de Oz – replicou Kiki Aru.

Deram a Kiki um belo jantar e uma boa cama, e ele se comportou muito bem, embora recusasse responder a todas as perguntas que lhe fazia a boa gente da Terra de Ninguém. Tendo escapado de seu lar e encontrado uma maneira de ver o mundo, o jovem não estava nem um pouco infeliz, e por isso não parecia zangado nem se mostrava desagradável. As pessoas o acharam um sujeito muito respeitável e lhe deram o café da manhã no dia seguinte, depois do qual ele tomou seu caminho, quase se sentindo contente.

Depois de andar por cerca de uma ou duas horas por aquele belo país, governado pelo rei Bud, Kiki Aru decidiu que era melhor viajar mais depressa e ver tudo do alto como um pássaro. Assim, logo se transformou em um pombo branco, visitou a grande cidade de Nole, viu o palácio e os jardins do rei e muitos outros lugares interessantes. Então voou em direção ao oeste, para o Reino de Ix, e, após um dia no país da rainha Zixi, foi para oeste novamente, até a Terra de Ev. Todos os lugares que visitava, pensava o garoto, eram muito mais agradáveis do que o país em forma de pires dos Hyups, e resolveu que, quando encontrasse o melhor país de todos, ficaria morando ali e aproveitaria ao máximo sua vida futura.

Na Terra de Ev reassumiu novamente sua própria forma, pois as cidades e as aldeias eram próximas o suficiente para que ele pudesse ir a pé de um lugar a outro qualquer.

Quando anoiteceu, o garoto dirigiu-se a uma boa pousada e perguntou ao zelador se poderia comer e hospedar-se ali.

– Você pode hospedar-se, desde que tenha dinheiro para pagar – disse o homem –, caso contrário terá de ir para outro lugar.

Isso surpreendeu Kiki, pois na Terra de Oz não se usava dinheiro para nada, podendo todo mundo pegar o que quisesse sem precisar pagar nada. No entanto, como não tinha dinheiro, saiu dali para procurar hospitalidade em outro lugar.

Olhando por uma janela aberta de um dos quartos da pousada, enquanto passava por ali, viu um velho homem contando em uma mesa uma grande pilha de moedas de ouro, que Kiki achou que era dinheiro. Uma delas, apenas, bastaria para ele comprar o jantar e ter uma cama para dormir, refletiu, então transformou-se em uma pega e, voando através da janela aberta, bicou uma das moedas de ouro e voou para fora, antes que o homem pudesse interferir.

Na verdade, o velho que foi roubado sentiu-se indefeso, pois não se atrevia a deixar sua pilha de moedas de ouro para ir atrás da pega, e, antes que ele pudesse colocar o ouro em um saco em seu bolso, o pássaro ladrão tinha sumido de vista, e ir atrás dele seria loucura.

Kiki Aru voou para uma moita de árvores e, jogando a moeda de ouro no chão, reassumiu sua própria forma, pegou o dinheiro e colocou-o no bolso.

– Vai arrepender-se disso! – exclamou uma vozinha bem acima de sua cabeça.

Kiki olhou para o alto e viu que um papagaio, pendurado em um galho, olhava para ele.

– Arrepender-me de quê?

– Ah, eu vi tudo o que fez – afirmou o papagaio. – Vi você olhar da janela para o ouro, e então transformar-se em uma pega e roubar o pobre homem, e depois vi você voar até aqui e transformar-se de novo na sua própria forma. Isso é magia, e magia é uma coisa muito ruim e fora da lei. Você ainda roubou dinheiro, e isso é um grande crime. Algum dia vai arrepender-se.

– Não me importo – replicou Kiki Aru, com uma careta.

– Não tem receio por ser maldoso? – perguntou o papagaio.

– Não, eu não sabia que estava sendo maldoso – disse Kiki –, mas, se fui, estou feliz por isso. Odeio gente boa. Sempre quis ser mau, mas não sabia como.

– Oh, oh, oh! – riu alguém atrás dele, com um vozeirão. – Esse é realmente o espírito da coisa, meu rapaz! Fico feliz por tê-lo encontrado; dê-me um aperto de mão.

O papagaio deu um suspiro amedrontado e voou embora.

DOIS SUJEITOS MAUS

Kiki deu uma volta e viu um estranho velhote de pé ali perto. Ele não ficava de pé direito, porque era meio torto e encurvado. Seu corpo era gordo, mas seus braços e pernas eram finos. Tinha um rosto grande, redondo e barbudo, com longas suíças brancas que chegavam abaixo do queixo e cabelo branco que formava uma ponta no alto da cabeça. Usava roupas cinzentas que ficavam bem apertadas no corpo, e seus bolsos eram volumosos, como se estivessem cheios com alguma coisa.

– Eu não sabia que você estava aqui – disse Kiki.

– Eu só cheguei depois que você chegou – disse o homem esquisito.

– Quem é você? – perguntou Kiki.

– Meu nome é Ruggedo. Eu era o rei Nomo, mas fui enxotado de meu país e agora sou um andarilho.

– O que aconteceu para que eles o enxotassem? – perguntou o garoto Hyup.

– Bem, parece que é moda hoje em dia enxotar os reis. Eu era um rei muito bom (para mim), mas aquelas horríveis pessoas de Oz não me deixavam só. Então tive que abdicar.

– E o que significa isso?

– Significa que fui enxotado. Mas vamos falar de alguma coisa agradável. Quem é você e de onde vem?

– Eu me chamo Kiki Aru. Vivia no Monte Munch, na Terra de Oz, mas agora sou um andarilho, como você.

O rei Nomo olhou e examinou o garoto atentamente.

– Ouvi um pássaro contar que se transformou em uma pega e de novo em você mesmo. É verdade?

Kiki hesitou, mas não viu nenhuma razão para negar. Sentiu que aquilo o faria parecer mais importante.

– Bem... sim – disse ele.

– Então você é um mágico?

– Não, eu apenas entendo de transformações – admitiu ele.

– Bem, é uma mágica muito boa, de qualquer modo – declarou o velho Ruggedo. – Eu também tinha uma mágica muito boa, mas meus inimigos a tomaram de mim. Para onde você está indo agora?

– Estou indo até a pousada, para jantar e dormir – disse Kiki.

– Tem dinheiro para pagar? – perguntou o nomo.

– Tenho uma moeda de ouro.

– Que você roubou. Muito bom. E está feliz porque é maldoso. Melhor ainda. Gosto de você, jovenzinho, e vou para a pousada com você, se prometer não comer ovos no jantar.

– Você não gosta de ovos? – perguntou Kiki.

– Tenho medo deles; são perigosos! – disse Ruggedo com um calafrio.

– Está bem – concordou Kiki –, não vou pedir ovos.

– Então vamos lá – disse o nomo.

Quando eles entraram na pousada, o zelador olhou de cara feia para Kiki e disse:

– Eu lhe disse que não lhe daria comida a não ser que você tivesse dinheiro.

Kiki mostrou a ele a moeda de ouro.

– E você? – perguntou o zelador, virando-se para Ruggedo. – Tem dinheiro?

– Tenho algo melhor – respondeu o velho nomo. E, tirando um saquinho do bolso, despejou na mesa uma porção de pedras brilhantes: diamantes, rubis e esmeraldas.

O zelador foi muito educado com os estranhos depois disso. Serviu a eles um excelente jantar. Enquanto comia, o garoto Hyup perguntou ao companheiro:

– Onde você conseguiu tantas joias?

– Bem, vou lhe contar – respondeu o nomo. – Quando aquelas pessoas de Oz tomaram meu reino, só porque era meu reino e eu queria governá-lo do meu jeito, disseram-me que eu poderia levar tanto mais pedras preciosas quanto eu pudesse carregar. De modo que, como minhas roupas tinham uma porção de bolsos, eu os enchi com essas pedras. É ótimo levar joias quando a gente viaja; pode-se trocar por tudo e qualquer coisa.

– São melhores do que moedas de ouro? – perguntou Kiki.

– A menor destas joias vale mais do que cem moedas de ouro como as que você roubou do velhote.

– Não fale tão alto – pediu Kiki com dificuldade. – Alguém pode escutar o que você está dizendo.

Depois do jantar, eles deram uma caminhada juntos, e o ex-rei Nomo disse:

– Você conhece o Homem-Farrapo, o Espantalho, o Homem de Lata, Dorothy, Ozma e toda aquela gente de Oz?

– Não – replicou o garoto –, nunca estive fora do Monte Munch, até o dia em que voei sobre o Deserto Mortal na forma de falcão.

– Então você nunca viu a Cidade das Esmeraldas de Oz?

– Nunca.

– Bem – falou o nomo –, conheci os habitantes de Oz, e pode acreditar que não gostei deles. Durante todas as minhas andanças, tenho pensado em um jeito de me vingar. Agora que conheci você, consigo ver uma maneira de conquistar a Terra de Oz e ser rei de lá, o que é melhor do que ser rei dos nomos.

– Como vai fazer isso? – perguntou Kiki Aru, impressionado.

– Não importa como. Em primeiro lugar, quero fazer uma barganha com você. Conte-me o segredo que utiliza para fazer as transformações, e eu lhe darei um bolso cheio de joias, as maiores e melhores que possuo.

– Não – disse Kiki, que se deu conta de que compartilhar seu poder com outros poderia ser perigoso para ele.

– Eu lhe dou *dois* bolsos de joias – disse o nomo.

– Não – respondeu Kiki.

– Eu lhe dou todas as joias que tenho.

– Não, não e não! – disse Kiki, que começava a ficar com medo.

– Então – disse o nomo, com um olhar maldoso para o menino –, vou dizer ao zelador da pousada que você roubou a moeda de ouro, e ele pode enviá-lo para a prisão.

Kiki riu da ameaça.

– Antes de você fazer isso – disse ele –, posso me transformar em um leão e reduzi-lo a pedaços, ou em um urso e devorá-lo, ou em uma mosca e voar para onde ele não possa me encontrar.

– Você é realmente capaz dessas maravilhosas transformações? – perguntou o velho nomo, olhando para ele com curiosidade.

– É claro! – declarou Kiki. – Posso me transformar em um bastão de madeira, em um relâmpago ou em uma pedra e deixar você aqui na beira do caminho.

O maldoso nomo tremeu um pouco quando ouviu o garoto, mas aquilo o deixou mais ansioso do que nunca por possuir o grande segredo. Após um tempo, disse:

– Vou lhe dizer o que farei. Se você me ajudar a conquistar Oz e transformar seu povo, que são meus inimigos, em estacas ou em pedras, contando-me seu segredo, concordarei em fazer de VOCÊ o governante de toda Oz e serei seu primeiro-ministro, fazendo com que suas ordens sejam obedecidas.

– Posso ajudá-lo nisso – disse Kiki –, mas não lhe contarei meu segredo.

O velho nomo ficou tão furioso com essa recusa que passou a andar de um lado para o outro com raiva, balbuciando e engasgando por um longo tempo, antes de conseguir controlar-se. Mas o garoto não estava tão amedrontado assim. Ria do maldoso nomo, o que o deixou mais furioso do que nunca.

– Vamos abandonar essa ideia – propôs ele, quando Ruggedo aquietou-se um pouco. – Não conheço as pessoas de Oz que mencionou e, portanto, não são minhas inimigas. Se elas o enxotaram de seu reino, isso é assunto seu, não meu.

– Você não gostaria de ser rei daquela esplêndida terra encantada? – perguntou Ruggedo.

– Sim, gostaria – replicou Kiki Aru –, mas você também quer ser rei, e acabaríamos discutindo por isso.

– Não – disse o nomo, tentando convencê-lo. – Não me importo em ser rei de Oz, pense bem nisso. Não me importo nem mesmo em viver nesse país. O que quero primeiro é me vingar. Se conseguirmos conquistar Oz, arranjarei magia suficiente para conquistar meu próprio Reino dos Nomos e voltarei a viver em minhas cavernas subterrâneas, que têm mais jeito de lar do que as de cima da terra. Faço então a seguinte proposta: ajude-me a conquistar Oz e a me vingar, e a conseguir de volta a magia de Glinda e do Mágico, e eu o tornarei rei de Oz para sempre.

– Vou pensar nisso – respondeu Kiki, e isso foi tudo o que disse naquela manhã.

À noite, quando todos na pousada dormiam, menos ele, o velho nomo Ruggedo levantou-se de sua cama sem fazer barulho, foi até o quarto de Kiki Aru, o garoto Hyup, e procurou por todo lado o instrumento mágico que ele utilizava em suas transformações. Claro que não havia nenhum instrumento ali, e, embora Ruggedo procurasse em todos os bolsos do garoto, não encontrou nada de mágico. Então voltou para sua cama e começou a duvidar de que Kiki pudesse realizar transformações.

Na manhã seguinte, disse:

– Por onde você vai andar hoje?

– Penso em visitar o Reino Rosa – respondeu o garoto.

– É uma longa viagem – declarou o nomo.

– Vou me transformar em um pássaro – disse Kiki –, e então voar até o Reino Rosa em uma hora.

– Então me transforme também em um pássaro, e eu irei com você – sugeriu Ruggedo. – Mas, nesse caso, vamos voando juntos à Terra de Oz para ver como é.

Kiki ficou pensando naquilo. Agradáveis como eram os países que ele tinha visitado, em todo lugar as pessoas diziam que a Terra de Oz era a mais bonita e prazerosa. A Terra de Oz era seu próprio país também, e, se houvesse alguma possibilidade de ele tornar-se seu rei, precisava conhecer alguma coisa de lá.

Enquanto Kiki, o garoto Hyup, refletia sobre aquilo, o nomo Ruggedo também pensava no assunto. Aquele garoto possuía um poder maravilhoso e, embora fosse de certo modo um garoto muito simples, estava determinado a não partilhar seu segredo. Contudo, se Ruggedo, o ardiloso nomo de Oz, pudesse fazer com que Kiki o transportasse, pois não poderia chegar lá de nenhuma outra maneira, então induziria o garoto a seguir seu conselho e entrar na trama da vingança, a qual já tinha planejado em seu coração maldoso.

– Existem feiticeiros e mágicos em Oz – afirmou Kiki, após algum tempo. – Eles podem nos descobrir, a despeito de nossa transformação.

– Não se formos cuidadosos – assegurou Ruggedo. – Ozma tem um Quadro Mágico no qual pode ver tudo o que desejar; mas Ozma não vai saber nada de nossa ida para Oz, e então não vai ordenar a seu Quadro Mágico que mostre onde estamos nem o que estamos fazendo. Glinda, a Bruxa Boa, tem um Grande Livro chamado Livro de Registros, no qual magicamente escreve tudo o que as pessoas fazem na Terra de Oz, no exato instante em que fazem.

– Então – disse Kiki –, não vai adiantar nada nossa tentativa de conquistar o país, pois Glinda poderá ler em seu livro tudo o que fizermos e, como a magia dela é maior do que a minha, certamente vai colocar um ponto final em nossos planos.

– Eu disse "pessoas", não disse? – retorquiu o nomo. – O livro não tem um registro daquilo que os pássaros fazem, ou os animais. Apenas registra os feitos das pessoas. Assim, se nós voarmos pelo país como pássaros, Glinda não ficará sabendo nada sobre isso.

– Dois pássaros não podem conquistar a Terra de Oz – afirmou o garoto com voz sarcástica.

– Não, é verdade – admitiu Ruggedo. Então, enrugando a testa e alisando a longa e pontuda barba, pensou mais um pouco... – Ah, agora tive uma ideia! – declarou. – Imagino que você possa nos transformar em animais tanto quanto em pássaros, não?

– Claro.

– E você pode transformar um pássaro em animal, e um animal em pássaro novamente, sem ter que passar por um ser humano?

– Com certeza – disse Kiki. – Posso transformar a mim mesmo ou os outros em qualquer coisa que você diga. Uma palavra mágica deve ser dita no momento dessas transformações, e, como os animais, pássaros, dragões e peixes, podem falar em Oz, podemos nos transformar no que desejarmos. No entanto, se eu me transformar em uma árvore, continuarei sendo uma árvore, porque então não teria como pronunciar a palavra mágica para trocar a transformação.

– Entendo, entendo – emendou Ruggedo, balançando a cabeça branca e cabeluda, a ponto de seu cabelo ondular para a frente e para trás como um pêndulo. – Isso se encaixa exatamente com minha ideia. Agora me ouça, vou explicar-lhe meu plano. Vamos voar para Oz como pássaros e parar em uma das densas florestas do País dos Gillikins. Lá você nos transforma em animais poderosos, e, como Glinda não tem nenhum registro do que os animais fazem, podemos agir sem ela nos descobrir.

– Mas como dois animais podem criar um exército para conquistar o poderoso povo de Oz? – perguntou Kiki.

– É fácil. Mas não um exército de **pessoas**, veja bem. Isso seria fácil de descobrir. E, enquanto estivermos em Oz, você e eu não reassumiremos nossa forma humana até termos conquistado o país e destruído Glinda, Ozma, o Mágico e Dorothy, e todos os outros, e não termos mais nada a temer deles.

– É impossível matar qualquer um que seja na Terra de Oz – afirmou Kiki.

– É necessário matar o povo de Oz – acrescentou Ruggedo.

– Receio não estar entendendo você – objetou o garoto. – O que iria acontecer ao povo de Oz, e que espécie de exército poderíamos reunir a não ser de pessoas?

– Vou lhe dizer. As florestas de Oz estão cheias de animais. Alguns deles, nos lugares mais longínquos, são selvagens e cruéis e seguiriam facilmente um líder tão selvagem quanto eles. Nunca perturbaram muito o povo de Oz porque nunca tiveram ninguém para liderá-los. Porém, vamos dizer a eles para nos ajudar a conquistar Oz e, como recompensa, podemos transformar todos os animais em homens e mulheres e deixá-los viver em casas e aproveitar todas as coisas boas. E também podemos transformar todas as pessoas de Oz em animais de várias espécies e enviá-los para viver nas florestas. É uma ideia esplêndida, você deve admitir, e tão fácil que não teremos nenhum problema para colocá-la em prática.

– Você acha que os animais vão concordar com isso? – perguntou o garoto.

– Esteja certo de que vão. Podemos ter todos os animais de Oz do nosso lado... a não ser uns poucos que vivem no palácio de Ozma e que não contam.

CONSPIRADORES

Kiki Aru não sabia muita coisa sobre Oz nem sabia muita coisa sobre os animais que viviam lá, mas o plano do velho nomo pareceu-lhe razoável. O garoto tinha uma vaga suspeita de que Ruggedo queria conseguir o melhor dele, de algum modo, e resolveu observar atentamente seu companheiro de conspiração. Desde que guardasse consigo a palavra secreta das transformações, Ruggedo não poderia atrever-se a fazer mal a ele; e o garoto prometeu a si mesmo que, se eles conquistassem Oz, transformaria o velho nomo em uma estátua de mármore e o manteria nessa forma para sempre.

Ruggedo, por sua vez, resolveu que poderia, observando-o cuidadosamente e prestando muita atenção nele, obter furtivamente o segredo do garoto, e, assim que aprendesse a palavra mágica, transformaria Kiki Aru em um feixe de gravetos e o queimaria, livrando-se dele.

As coisas sempre ocorriam dessa maneira com pessoas maldosas. Elas não conseguiam confiar umas nas outras. Ruggedo pensava estar fazendo Kiki de bobo, e Kiki pensava exatamente o mesmo a respeito de Ruggedo; então ambos estavam satisfeitos.

– É um longo caminho através do deserto – afirmou o garoto –, e a areia é quente e desprende vapores venenosos. Vamos esperar até escurecer e então voar à noite, quando estará mais fresco.

O ex-rei Nomo concordou, e os dois passaram o resto daquele dia falando de seus planos. Quando escureceu, eles pagaram o zelador da pousada e dirigiram-se a um pequeno bosque de árvores que ficava ali perto.

– Fique aqui por alguns minutos, que eu logo estarei de volta – disse Kiki, e saiu dali rapidamente, deixando o nomo de pé no bosque.

Ruggedo ficou imaginando aonde o garoto teria ido, mas ficou quieto no lugar até que, de repente, sua forma mudou para a de uma grande águia, e ele soltou um grito de admiração e bateu as asas com certo medo. Imediatamente seu grito de águia foi respondido do outro lado do bosque, e outra águia, ainda maior e mais poderosa do que aquela em que Ruggedo se transformara, veio voando pelas árvores e pousou ao lado dele.

Ruggedo percebeu que dessa vez tinha sido logrado. Pensara que Kiki iria dizer a palavra mágica em sua presença, e então a aprenderia, mas o garoto havia sido mais esperto do que ele.

Enquanto as duas águias subiam bem alto no ar e começavam a voar sobre o grande deserto que separa a Terra de Oz do resto do mundo, o nomo disse:

– Quando eu era rei dos nomos, tinha uma maneira mágica de realizar as transformações que pensava serem boas, mas não se pode comparar com a sua palavra secreta. Eu tinha que usar certos instrumentos, fazer passes e dizer uma porção de palavras místicas antes de poder transformar alguém.

– O que aconteceu com seus instrumentos mágicos? – perguntou Kiki.

– As pessoas de Oz tiraram todos eles de mim (aquela horrível garota Dorothy e aquela terrível fada Ozma, a governante de Oz) quando tomaram meu reino subterrâneo e me enxotaram aqui para cima, para este mundo frio e sem coração.

– Por que deixou que eles fizessem isso? – perguntou o garoto.

– Bem – falou Ruggedo –, não pude evitar. Eles rolaram ovos na minha direção, *ovos horríveis!*, e, se um ovo tocar em um nomo, a vida dele ficará arruinada.

– Qualquer espécie de ovo é perigosa para os nomos?

– Toda e qualquer espécie. O ovo é a única coisa de que tenho medo.

UM CANTINHO FELIZ DE OZ

Não existe nenhum outro país tão bonito como a Terra de Oz. Não existe outro povo tão feliz, contente e próspero como o povo de Oz. As pessoas ali têm tudo aquilo que desejam; amam e admiram sua bela governante menina, Ozma de Oz, e misturam tão bem trabalho e diversão que ambos são prazerosos e satisfatórios, e ninguém tem nenhuma razão para reclamar.

Certa vez, aconteceu de repente uma coisa em Oz que perturbou a felicidade das pessoas por um curto período. Isso porque quanto mais rica e atraente é uma terra encantada, mais provoca, com certeza, a inveja de uns poucos estranhos egoístas e gananciosos. Portanto, certos malfeitores tramaram traiçoeiramente conquistar Oz, escravizar seu povo e acabar com sua governante menina, tomando, assim, a riqueza de Oz para si mesmos. Mas, bem na hora em que o cruel e astuto nomo Ruggedo conspirava com Kiki Aru, o garoto Hyup, todas as suas tentativas falharam. O povo de Oz não chegou a suspeitar de nenhum perigo. A vida na terra encantada mais agradável do mundo experimentava dias de alegria e felicidade.

No centro da Cidade das Esmeraldas de Oz, a capital dos domínios de Ozma, há um bonito e grande jardim, rodeado por uma muralha incrustada de brilhantes esmeraldas, e no meio desse jardim fica o Palácio Real de Ozma, o mais esplêndido edifício já construído. De uma centena de torres e cúpulas flutuam as bandeiras de Oz e as de todos os países que formam essa terra: o dos munchkins, o dos gillikins, o dos winkies e o dos quadlings. A bandeira dos munchkins é azul, a dos winkies é amarela, a dos gillikins é roxo, e a dos quadlings é vermelha. A cor da Cidade das Esmeraldas naturalmente é verde. A bandeira da própria Ozma tinha o centro verde e era dividida em quatro partes. Esses quatro quartos eram cada um de uma cor: azul, roxo, amarelo e vermelho, indicando que ela governava todos os países da Terra de Oz.

Essa terra encantada é muito grande; contudo, nem toda a sua área é conhecida da menina governante, e dizem que em algumas partes longínquas do país, em florestas e montanhas afastadas, em vales ocultos e selvas fechadas, existem pessoas e animais que sabem tão pouco sobre Ozma quanto ela sabe deles.

Ainda assim, esses súditos desconhecidos não são na realidade tão numerosos quanto os habitantes conhecidos de Oz, que ocupam todos os países próximos da Cidade das Esmeraldas. Na verdade, tenho certeza de que não vai demorar muito para que todas as partes da terra encantada de Oz sejam exploradas e que seus habitantes tornem-se familiarizados com sua governante, pois no palácio de Ozma vivem diversos amigos dela, tão curiosos que sempre estão descobrindo lugares extraordinários e novos habitantes.

Uma das pessoas que descobrem com mais frequência esses lugares ocultos de Oz é uma garotinha do Kansas chamada Dorothy, que é a amiga mais querida de Ozma e vive em aposentos luxuosos, no Palácio Real. Dorothy é, na realidade, uma princesa de Oz, mas não gosta de ser chamada de princesa, e, por ser simples e doce e não pretender ser nada senão uma menina comum, ela é chamada apenas de Dorothy por todos, e, das pessoas próximas de Ozma, ela é a mais popular de toda a Terra de Oz.

Certa manhã, Dorothy atravessou o salão do palácio e bateu à porta de outra menina chamada Trot, também uma das convidadas e amigas de Ozma. Quando lhe disseram para entrar, Dorothy descobriu que Trot tinha companhia, um velho marinheiro que tinha uma perna de madeira e outra normal e estava sentado ao lado da janela aberta, soltando baforadas de fumaça de um cachimbo de sabugo de milho. Esse marinheiro era chamado de Capitão Bill e tinha acompanhado Trot até a Terra de Oz por ser seu amigo mais antigo e um confidente camarada. Dorothy também gostava do Capitão Bill e, depois de cumprimentar o capitão, disse para Trot:

– Você sabe que o aniversário de Ozma é no mês que vem, e estive pensando em um presente para lhe dar. Ela é tão boa para nós todos que, com certeza, devemos comemorar seu aniversário.

– É verdade – concordou Trot. – Também estive pensando no que eu poderia dar a Ozma. É muito difícil decidir, porque ela já tem tudo o que quer, e, como ela é uma fada e conhece uma porção de mágicas, pode satisfazer qualquer desejo.

– Eu sei – retornou Dorothy –, mas não é esse o ponto. Não se trata de alguma coisa de que Ozma **precise**, e sim que fique contente em saber que nos lembramos do aniversário dela. Mas o que poderíamos lhe dar?

Trot balançou a cabeça em desespero.

– Tentei pensar em alguma coisa e não consigo – afirmou.

– Acontece a mesma coisa comigo – replicou Dorothy.

– Sei de uma coisa que agradaria a ela – afirmou o Capitão Bill, virando o rosto redondo, ladeado por amplas suíças, em direção às duas garotas e examinando-as com seus grandes olhos azul-claros completamente abertos.

– O que é, Capitão Bill?

– É a Flor Mágica – disse ele. – É uma planta muito bonita, que cresce como um pote de botões dourados de onde vão desabrochando várias espécies de flores, uma após a outra. Em um minuto, belas inflorescências e botões de rosas; e em outro, tulipas; e depois cri... cri...

– ... sântemos – completou Dorothy em seu auxílio.

– É isso, e depois dálias, e narcisos, em todo tipo de ramalhetes. Assim que uma desaparece, outra surge, de uma espécie diferente, e o perfume delas é muito cheiroso, e elas continuam florescendo noite e dia, ano após ano.

– É maravilhoso! – exclamou Dorothy. – Penso que Ozma gostaria muito.

– Mas onde é que existe a Flor Mágica e como podemos consegui-la? – perguntou Trot.

– Não sei exatamente – replicou devagar o Capitão Bill. – A Gata de Vidro só me falou dessa flor ontem e disse que ela se encontra em algum lugar isolado a noroeste daqui. A Gata de Vidro sempre passeia por toda a Oz, você sabe, e a pequena criatura vê uma porção de coisas que mais ninguém vê.

– É verdade – disse Dorothy, pensativamente. – A noroeste daqui deve ser no País dos Munchkins, e talvez a uma boa caminhada daqui, por isso vamos pedir à Gata de Vidro que nos diga como conseguir a Flor Mágica.

Então as duas meninas, acompanhadas pelo Capitão Bill, que com sua perna de madeira vinha logo atrás delas, saíram para o jardim e, após algum tempo procurando, acharam a Gata de Vidro ao sol, enrolada ao lado de uma moita, adormecida.

A Gata de Vidro é uma das mais curiosas criaturas de toda Oz. Foi feita por um famoso mágico chamado Doutor Pipt antes de Ozma proibir seus súditos de praticar a magia. O Doutor Pipt havia feito a Gata de Vidro para caçar ratos, mas ela se recusava a caçar ratos, passando a ser mais uma curiosidade do que uma criatura útil.

Essa gata impressionante era toda feita de vidro, tão claro e transparente que se podia ver tão bem através dela quanto de uma janela. No alto de sua cabeça, contudo, havia uma porção de delicadas bolas de vidro cor-de-rosa que pareciam joias, mas eram o seu cérebro. Tinha um coração feito de rubi vermelho-sangue. Seus olhos eram duas grandes esmeraldas. Porém, além dessas cores, todo o resto do animal era de vidro claro e tinha uma cauda de vidro que girava e era realmente bonita.

– Olá, acorde – disse o Capitão Bill. – Queremos falar com você.

Lentamente, a Gata de Vidro colocou-se de pé, bocejou e então olhou para as três pessoas que estavam diante dela.

– Como se atrevem a me perturbar? – perguntou com voz irritada. – Vocês deveriam envergonhar-se.

– Não se preocupe com isso – replicou o marinheiro. – Você se lembra de ter me falado ontem de uma Flor Mágica em um Pote de Ouro?

– Pensam que sou tola? Olhem para o meu cérebro... podem vê-lo funcionando. É claro que me lembro! – disse a gata.

– Bem, onde podemos encontrá-la?

– Não podem. Não é da conta de vocês, de qualquer maneira. Vão embora e deixem-me dormir – advertiu a Gata de Vidro.

– Olhe aqui – advertiu Dorothy –; queremos a Flor Mágica para dar a Ozma no aniversário dela. Você gostaria de agradar Ozma, não?

– Não sei ao certo – replicou a criatura. – Por que eu iria querer agradar a quem quer que fosse?

– Você tem coração, porque eu posso vê-lo dentro de você – disse Trot.

– Sim; é um belo coração, e gosto muito dele – retrucou a gata, virando-se um pouco para ver seu próprio corpo. – Mas é feito de rubi e é duro como um prego.

– Você nunca é boa para *ninguém*? – perguntou Trot.

– Sim, sou linda de olhar, e isso é mais do que se pode dizer a meu respeito – retorquiu a criatura.

Trot riu dessa afirmação, e Dorothy, que compreendia muito bem a Gata de Vidro, disse tranquilamente:

– Você é verdadeiramente bonita, e, se puder dizer ao Capitão Bill onde encontrar a Flor Mágica, toda a população de Oz vai louvar sua inteligência. A flor vai pertencer a Ozma, mas todo mundo vai saber que foi a Gata de Vidro que a descobriu.

Essa era a espécie de louvor que a criatura de cristal apreciava.

– Bem – falou ela, enquanto seu cérebro cor-de-rosa começava a funcionar –, encontrei a Flor Mágica no alto, no norte do País dos Munchkins, onde pouca gente vive ou frequenta. Por ali corre um rio que corta a floresta, e no meio dela existe uma pequena ilha na qual se encontra um Pote de Ouro em que cresce a Flor Mágica.

– Como você chegou até a ilha? – perguntou Dorothy. – As gatas de vidro não conseguem nadar.

– Não, mas não tenho medo da água – foi a resposta. – Apenas atravessei o rio andando pelo fundo.

– Embaixo da água? – exclamou Trot.

A gata lançou-lhe um olhar de desdém.

– Como andei *sob* a água *debaixo* do rio? Se você fosse transparente, qualquer um poderia ver que *seu* cérebro não está funcionando. Mas tenho certeza de que você nunca encontraria esse lugar sozinha. Ele sempre se manteve escondido das pessoas de Oz.

– Mas você, com seu ótimo cérebro cor-de-rosa, poderia encontrá--la de novo, imagino – afirmou Dorothy.

– Sim; e, se você quiser essa Flor Mágica para Ozma, posso ir com você para mostrar-lhe o caminho.

– Muito amável de sua parte! – declarou Dorothy. – Trot e o Capitão Bill irão com você, porque esse vai ser o presente deles para Ozma. Enquanto vocês forem lá, terei que encontrar alguma coisa para eu dar a ela.

– Está bem. Vamos, então, Capitão – disse a Gata de Vidro, começando a movimentar-se.

– Espere um minuto – pediu Trot. – Quanto tempo ficaremos fora?

– Ah, mais ou menos uma semana.

– Então, vou colocar algumas coisas em uma cesta para levarmos conosco – disse a garota, e correu até o palácio para fazer seus preparativos para a viagem.

OS PRESENTES DE ANIVERSÁRIO DE OZMA

Quando o Capitão Bill, Trot e a Gata de Vidro partiram para a ilha oculta, na parte oculta do rio para pegar a Flor Mágica, Dorothy ficou mais uma vez imaginando o que ela poderia dar a Ozma em seu aniversário. Encontrou a Menina de Retalhos e disse:

– O que você está pensando em dar a Ozma como presente de aniversário?

– Escrevi uma canção para ela – respondeu a estranha Menina de Retalhos, que atendia pelo nome de Aparas e que, no meio de seu corpo estofado de algodão, tinha um bom sortimento de miolos. – É uma canção esplêndida, e a letra diz o seguinte:

Se eu sou maluca e decidida,
Você é uma margarida,
Ozma querida.
Às vezes posso até ficar demente,

Mas você deve andar contente,
Ozma querida.
Sou toda de retalhos, alegre e memorável,
Você é uma fada doce e adorável,
Tenha um feliz aniversário,
Ozma querida!

– O que você achou, Dorothy? – perguntou a Menina de Retalhos.

– Você acha essa poesia boa, Aparas? – perguntou Dorothy, em dúvida.

– Tão boa como a poesia de qualquer canção – foi a resposta. – E também lhe dei um ótimo título. Vou chamar a canção de: "Quando o aniversário de Ozma chegar, todos na certa vão cantar, porque ela não pode deixar de esse dia comemorar".

– O título é muito comprido, Aparas – disse Dorothy.

– É isso que torna o título tão estiloso – replicou a Menina de Retalhos, dando uma cambalhota e firmando-se depois em um só pé. – Hoje em dia os títulos às vezes são mais compridos do que as canções.

Dorothy a deixou ali e foi caminhando calmamente em direção à praça, onde encontrou o Homem de Lata, que subia os degraus da frente.

– O que você vai dar para Ozma no aniversário dela? – perguntou ela.

– É segredo, mas vou lhe contar – replicou o Homem de Lata, que era o imperador dos winkies. – Meus súditos estão fazendo para Ozma um lindo cinto formado de pepitas de latão. Cada pepita de latão vai ser rodeada por um círculo de esmeraldas, para ressaltá-las bem. E o fecho do cinto será feito de puro latão! Não acha que vai ficar bonito?

– Tenho certeza de que ela vai gostar – disse Dorothy. – Você sabe o que eu poderia dar a ela?

– Não tenho a mínima ideia, Dorothy. Fiquei três meses pensando no presente que eu daria a Ozma.

Pensativa, a garota foi caminhando de volta ao palácio, e nesse momento encontrou o famoso Espantalho de Oz, com dois serventes do palácio, que trocavam a palha que estofava suas pernas por palha fresca.

– O que você vai dar para Ozma no aniversário dela? – perguntou Dorothy.

– Quero fazer uma surpresa para ela – respondeu o Espantalho.

– Não vou contar a ela – prometeu Dorothy.

– Bem, encomendei chinelos de palha especialmente para ela... totalmente feitos de palha, veja bem, artisticamente trançada. Ozma sempre admirou meu gosto para a palha, por isso tenho certeza de que ela vai ficar contente com esses adoráveis chinelos.

– Ozma vai ficar contente com qualquer coisa que seus amáveis amigos lhe derem – disse a garota. – O que está me preocupando, Espantalho, é o que dar a Ozma que ela já não tenha.

– Era isso o que me preocupava, até que pensei nos chinelos – disse o Espantalho. Você tem que *pensar*, Dorothy, que é a única maneira de se ter uma boa ideia. Se eu não tivesse esse meu cérebro maravilhoso, nunca teria pensado nesses chinelos bem decorados.

Dorothy deixou o Espantalho e dirigiu-se para o seu quarto, onde sentou-se e tentou pensar profundamente. Uma Gata Cor-de-Rosa estava enrolada no peitoril da janela, e Dorothy perguntou a ela:

– O que eu posso dar a Ozma de presente de aniversário?

– Ah, dê a ela um pouco de leite – replicou a Gata Cor-de-Rosa –; essa é a melhor coisa que conheço.

Um cachorrinho preto bem peludo sentou-se aos pés de Dorothy e começou a olhar para ela com olhos inteligentes.

– Diga-me, Totó – disse a garota –; o que será que Ozma mais gostaria de ganhar de presente de aniversário?

O cãozinho preto balançou a cauda.

– O seu amor – disse ele. – Mais do que qualquer outra coisa, Ozma quer ser amada.

– Mas eu já a amo, Totó!

– Então diga a ela que você a ama duas vezes mais do que já a amava antes.

– Isso não seria verdade – objetou Dorothy –, porque eu sempre a amei tanto quanto pude, e realmente, Totó, eu quero dar a Ozma algum *presente*, pois todo mundo vai dar-lhe presentes.

– Deixe-me pensar – disse Totó. – O que acha de dar a ela essa inútil Gata Cor-de-Rosa?

– Não, Totó; eu não faria isso.

– Então, seis beijos.

– Não; isso não é um presente.

– Bem, acho que você tem de descobrir por si mesma, Dorothy – disse o cachorrinho. – No meu entender, você é mais exigente do que Ozma seria.

Dorothy resolveu que, se alguém poderia ajudá-la, seria Glinda, a Bruxa Boa, a maravilhosa Feiticeira de Oz, que era súdita fiel e amiga de Ozma. Mas o castelo de Glinda ficava no País dos Quadlings, distante uma boa jornada da Cidade das Esmeraldas.

Então a garotinha foi até Ozma e pediu-lhe permissão para utilizar Cavalete e a carruagem vermelha real para fazer uma visita a Glinda. A menina governante beijou a princesa Dorothy e graciosamente lhe deu permissão.

Cavalete era uma das criaturas mais marcantes de Oz. Seu corpo era feito de um tronco pequeno, e suas pernas eram galhos de árvores colados ao corpo. Seus olhos eram nós de madeira, sua boca era serrada na ponta do tronco, e suas orelhas eram duas lascas de madeira. Um pequeno ramo de árvore tinha sido deixado na ponta traseira do tronco para servir de cauda.

A própria Ozma, durante uma de suas primeiras aventuras, tinha trazido à vida esse cavalete de madeira. Por isso, ela era muito ligada ao estranho animal e tinha colocado como ferraduras, nas pontas de baixo das pernas, chapas de ouro para que nunca se gastassem. O Cavalete era um viajante rápido e disposto e, embora pudesse falar, caso fosse necessário, raramente dizia alguma coisa, a não ser que lhe dirigissem a palavra. Quando Cavalete era atrelado à carruagem vermelha, não precisava de rédeas para ser conduzido, porque tudo de que necessitava era lhe dizerem aonde deveria ir.

Dorothy então lhe pediu para ir até o castelo de Glinda, a Feiticeira, e Cavalete a levou lá incrivelmente rápido.

– Glinda – disse Dorothy quando foi cumprimentada pela feiticeira, que era alta e imponente, de traços bonitos e dignos, e estava vestida com uma túnica esplêndida e adequada –, o que você vai dar de presente para Ozma no aniversário dela?

A feiticeira sorriu e respondeu:

– Venha até o meu pátio, e lhe mostrarei.

Então entraram em um lugar rodeado pelas alas do grande castelo, mas descoberto, e repleto de flores e fontes de água. Havia ali belas estátuas e muitos sofás e cadeiras de mármore polido ou de filigrana de ouro. Lá estavam reunidas cinquenta belas garotas, as aias de Glinda, que tinham sido selecionadas em todas as partes da Terra de Oz por causa de sua beleza e delicadeza. Era uma grande honra ser uma das aias de Glinda.

Quando Dorothy seguiu Cavalete até aquele delicioso pátio, todas as cinquenta garotas estavam ocupadas, tecendo, e seus teares eram preenchidos com fios de vidro verde, cintilante, que a menina nunca tinha visto antes.

– O que é isso, Glinda? – perguntou ela.

– Uma das minhas mais recentes descobertas – explicou a feiticeira. – Descobri uma maneira de fazer fios de esmeraldas, pulverizando as pedras e então torcendo esse pó em longos fios de seda. Com esses fios de esmeralda estamos tecendo uma túnica que vai ser um esplêndido traje de corte para Ozma no aniversário dela. Vocês vão perceber que os fios têm todos o lindo brilho e o esplendor das esmeraldas, das quais foram feitos. Então, o novo traje de Ozma será o mais magnífico que o mundo já viu, e vai ficar muito bem em nossa adorável governante da Terra Encantada de Oz.

Os olhos de Dorothy ficaram justamente atordoados pelo brilho das roupas de esmeralda, algumas das quais as garotas de Glinda já tinham acabado de tecer.

– Nunca vi *nada* tão bonito assim! – disse ela, com um suspiro. – Mas me diga uma coisa, Glinda, o que eu posso dar para nossa adorável Ozma no aniversário dela?

A Bruxa Boa considerou essa questão por um longo tempo antes de responder. Finalmente disse:

– Claro que vai haver um grande banquete no Palácio Real no aniversário de Ozma, e todos os amigos dela vão estar presentes. Então, sugiro que você faça um belo e grande bolo de aniversário para Ozma, todo rodeado de velinhas.

– Ah, só um *bolo*! – exclamou Dorothy, desapontada.

– Nada é mais bonito para um aniversário – disse a feiticeira.

– Quantas velinhas eu deveria colocar no bolo? – perguntou a garota.

– Apenas uma fileira de velinhas – respondeu Glinda –, pois ninguém sabe exatamente quantos anos Ozma vai fazer, embora ela aparente ser simplesmente uma garota... tão bela e fresca como se tivesse vivido não mais do que uns poucos anos.

– Um bolo não parece ser muito como presente – afirmou Dorothy.

– Faça um bolo surpresa – sugeriu a feiticeira. – Você não se lembra dos vinte e quatro melros-pretos que foram servidos em uma torta? Bem, você não precisa usar melros-pretos em seu bolo, mas poderia fazer uma surpresa diferente.

– De que tipo? – perguntou Dorothy, ansiosamente.

– Se eu lhe dissesse, não seria o *seu* presente para Ozma, e sim o *meu* – respondeu a feiticeira, com um sorriso. – Pense nisso, minha querida, e estou certa de que irá criar uma surpresa que vai levar muita alegria e felicidade ao banquete de aniversário de Ozma.

Dorothy agradeceu à sua amiga, entrou na Carruagem Vermelha e disse ao Cavalete que a levasse de volta para o Palácio, na Cidade das Esmeraldas.

No caminho, pensou seriamente naquela ideia de preparar um bolo surpresa de aniversário e finalmente decidiu o que fazer.

Assim que chegou ao palácio, ela foi ver o Mágico de Oz, que tinha uma sala especialmente arrumada para ele em uma das altas torres do palácio, onde estudava magia de modo a ser capaz de realizar as práticas que Ozma lhe ordenava que fizesse para o bem-estar de seus súditos.

O Mágico e Dorothy eram grandes amigos e tinham desfrutado muitas e estranhas aventuras juntos. Ele era um homenzinho careca e de rosto redondo, olhos aguçados e expressão feliz, e, porque não era nem arrogante nem orgulhoso, tinha se tornado uma das personagens favoritas do povo de Oz.

– Mágico – disse Dorothy –, queria que me ajudasse a escolher um presente de aniversário para Ozma.

– Fico contente de poder fazer alguma coisa por você e por Ozma – respondeu. – O que tem em mente, Dorothy?

– Vou fazer um grande bolo, com cobertura e velinhas, esse tipo de coisa, você sabe.

– Muito bem – falou o Mágico.

– No centro do bolo vou deixar um espaço oco, apenas com um teto de cobertura – continuou ela.

– Muito bem – repetiu o Mágico, balançando a cabeça careca.

– Nesse espaço oco – disse Dorothy –, quero esconder uma porção de macaquinhos de apenas sete ou oito centímetros de altura e, depois que o bolo for colocado na mesa do banquete, quero que os macaquinhos quebrem a cobertura e dancem pela toalha da mesa. Então, quero que cada macaquinho corte uma fatia de bolo e sirva para um convidado.

– Vejam só! – exclamou o pequeno Mágico, rindo às gargalhadas. – Isso é *tudo* o que quer, Dorothy?

– Quase – disse ela. – Você não consegue pensar em mais nada que os macaquinhos pudessem fazer, Mágico?

– Não assim de repente – respondeu ele. – Mas onde vai conseguir macaquinhos tão pequenos assim?

– É aí que você pode me ajudar – disse Dorothy. – Em uma dessas florestas selvagens, no País dos Gillikins, existem muitos macacos.

– Dos grandes – completou o Mágico.

– Bem, nós poderemos ir até lá e conseguir alguns macacos grandes. E você pode torná-los pequenos, com apenas sete ou oito centímetros de altura, por meio de suas práticas mágicas. Então colocaremos os macaquinhos em uma cesta e os traremos para casa. Assim, portanto, cabe a você treiná-los a dançar aqui em sua sala, onde ninguém poderá vê-los, e no aniversário de Ozma nós os colocaremos dentro do bolo e, nessa altura, já saberão o que fazer.

O Mágico olhou para Dorothy com aprovação e admiração e riu de novo.

– É uma ideia muito astuciosa, minha cara – disse ele –, e não vejo razão para não podermos fazer isso, bem do jeito que você diz, se conseguirmos fazer os macacos concordar com isso.

– Você acha que eles podem fazer alguma objeção? – perguntou a garota.

– Sim; mas talvez possamos argumentar com eles. De qualquer modo, vale a pena tentar, e eu a ajudarei se você concordar que esse bolo surpresa seja um presente para Ozma seu e meu também. Estive pensando no que poderia dar a Ozma e, como terei que treinar os macacos, além de fazê-los diminuir de tamanho, penso que você deveria tornar-me seu parceiro.

– É claro – disse Dorothy. – Fico feliz com isso.

– Então temos um trato – declarou o Mágico. – Devemos ir procurar esses macacos imediatamente, pois vai levar tempo para treiná-los. Teremos então que viajar um bom pedaço até a floresta do País de Gillikins, onde eles vivem.

– Estou pronta para partir a qualquer hora – concordou Dorothy. – Devemos pedir a Ozma que nos deixe levar o Cavalete?

O Mágico não respondeu na hora. Ficou pensando na sugestão.

– Não – respondeu ele, rindo –, pois o Cavalete e a carruagem vermelha não poderiam atravessar aquela densa floresta, e é um pouco perigoso irmos a esses lugares selvagens para procurar macacos. Então, proponho levarmos o Leão Covarde e o Tigre Faminto. Podemos viajar nas costas deles tão bem quanto na Carruagem Vermelha, e, se houver algum perigo advindo de outros animais, esses dois amigos campeões vão nos proteger de qualquer dificuldade.

– É uma ideia esplêndida! – exclamou Dorothy. – Vamos já perguntar ao Tigre Faminto e ao Leão Covarde se podem nos ajudar. Devemos perguntar a Ozma se podemos ir?

– Penso que não – disse o Mágico, pegando o chapéu e sua bolsa negra com os instrumentos mágicos. – É para ser uma surpresa de aniversário, por isso ela não pode saber para onde estamos indo. Apenas deixaremos um recado, no caso de Ozma perguntar por nós, de que voltaremos em poucos dias.

A FLORESTA GUGU

No oeste do País dos Gillikins, bem no meio, existe um grande emaranhado de árvores chamado Floresta Gugu. É a maior floresta de toda a Terra de Oz e se estende por quilômetros e quilômetros em todas as direções: norte, sul, leste e oeste. Vizinha a ela, do lado leste, fica uma cadeia de montanhas escarpadas, cobertas por uma mata baixa e pequenas árvores retorcidas. Pode-se encontrar esse lugar olhando para o mapa da Terra de Oz.

A Floresta Gugu é o abrigo dos animais selvagens que habitam a Terra de Oz. Eles raramente são perturbados em seus frondosos refúgios, porque não existe razão para o povo de Oz ir até lá, a não ser em poucas ocasiões, e a maior parte da floresta nunca foi vista por ninguém, a não ser pelos próprios animais que ali vivem. Os animais maiores habitam a grande floresta, enquanto os menores vivem em geral na mata baixa da montanha, na região leste.

Então, todos devem saber que existem leis na floresta, assim como em outros lugares, feitas pelos próprios animais, necessárias para impedir que eles lutem e se arrebentem em pedaços. Na Floresta Gugu existe um rei – um enorme leopardo-amarelo chamado Gugu, de onde veio o nome da floresta. E esse rei tem outros três animais para aconselhá-lo na manutenção das leis e da ordem – Bru, o Urso; Loo, o Unicórnio; e Rango, o Macaco-Cinzento –, que são conhecidos como conselheiros do rei. Todos esses são animais ferozes e violentos e mantêm seus altos cargos porque são mais inteligentes e mais temidos que seus companheiros.

Desde que Oz tornou-se uma terra encantada, nenhum homem, mulher ou criança morreu nessa terra nem ficou doente. Do mesmo modo, os animais da floresta nunca morrem, e então esses longos anos aumentaram sua astúcia e sabedoria, ao mesmo tempo que seu tamanho e sua força. É possível que os animais – ou mesmo as pessoas – sejam destruídos, mas essa tarefa é tão difícil que raramente é tentada.

O fato de ser livre de doenças e da morte é uma das razões pelas quais Oz é uma terra encantada. Porém, ninguém tem certeza se aqueles que vêm a Oz do mundo exterior, como fizeram Dorothy, Botão-Brilhante, Trot, o Capitão Bill e o Mágico, viverão para sempre ou não poderão ser feridos. Nem mesmo Ozma tem certeza disso, e então os convidados de Ozma de outras terras são sempre cuidadosamente protegidos de qualquer perigo, de forma a sentirem-se em segurança.

Apesar das leis da floresta, sempre ocorrem lutas entre os animais; alguns deles perdem um olho ou uma orelha, ou mesmo ficam com as pernas feridas. O rei e os conselheiros do rei sempre punem aqueles que começam a luta, mas a natureza de alguns animais é violenta, e eles às vezes lutam, apesar das leis e da punição.

Sobre essa vasta e selvagem Floresta Gugu voavam duas águias certa manhã, e quase no meio da selva as águias pousaram em um galho de uma árvore alta.

– Aqui é um bom lugar para começarmos nosso trabalho – disse uma delas, que era o nomo Ruggedo.

– Será que existem muitos animais por aqui? – perguntou Kiki Aru, a outra águia.

– A floresta é cheia de animais – disse o nomo. – Há muitos animais bem aqui para nos possibilitar a conquista do povo de Oz, se conseguirmos convencê-los a juntar-se a nós. Para isso, devemos ir até o meio deles e contar-lhes nossos planos, de modo que precisamos resolver agora quais seriam as melhores formas para assumirmos na floresta.

– Acho que devemos assumir formas de animais, não? – disse Kiki.

– É claro. Mas isso requer alguma reflexão. Todas as espécies de animais vivem aqui, e o leopardo-amarelo é o rei. Se nós nos tornarmos leopardos, o rei terá ciúme de nós. Se assumirmos formas de outros animais, não iremos impor o devido respeito. Sou um nomo, e imortal, então nada pode me ferir – replicou Ruggedo.

– Eu nasci na Terra de Oz, então nada pode me ferir – disse Kiki.

– Mas, para realizar nossos planos, devemos ter a aprovação de todos os animais da floresta.

– Então, o que devemos fazer? – perguntou Kiki.

– Vamos misturar as formas de vários animais, de modo a não ficar parecido com nenhum deles – propôs o velho e malicioso nomo. – Vamos ficar com a cabeça do leão, o corpo do macaco, as asas das águias e a cauda do burro selvagem, com cordões de ouro na ponta da cauda em vez de ser nos pelos da crina.

– Não acha que vai dar uma combinação esquisita? – perguntou Kiki.

– Quanto mais esquisita, melhor – declarou Ruggedo.

– Está bem – falou Kiki. – Você fica aqui, e eu vou voar para outra árvore e transformar nós dois, e então desceremos de nossas árvores ao encontro da floresta.

– Não – disse o nomo –, não devemos nos separar. Você deve nos transformar enquanto estamos juntos.

– Não vou fazer isso – asseverou Kiki, firmemente. – Você está querendo obter meu segredo, e não vou deixar.

Os olhos da outra águia brilharam de raiva, mas Ruggedo não ousou insistir. Se ofendesse o garoto, poderia ter que permanecer como águia para sempre, e não gostaria disso. Algum dia ele esperava ser capaz de aprender a palavra secreta das transformações mágicas, mas naquele momento teria de deixar Kiki fazer as coisas do jeito dele.

– Está bem – falou ele com aspereza –, faça como quiser.

Então Kiki voou para uma árvore distante o suficiente para que Ruggedo não pudesse ouvi-lo e disse:

– Quero que eu e Ruggedo, o Nomo, fiquemos com a cabeça do leão, o corpo do macaco, as asas da águia e a cauda do burro selvagem, com cordões de ouro na cauda em vez de ser nos pelos da crina – Pyrzqxgl!

Pronunciou a palavra mágica da maneira correta e de repente sua forma foi mudada para aquela que havia descrito. Estendeu as asas de águia e, percebendo que eram fortes o suficiente para suportar seu corpo de macaco e a cabeça de leão, voou rapidamente até a árvore onde tinha deixado Ruggedo. O nomo também havia se transformado e estava descendo da árvore porque os galhos à sua volta eram tão emaranhados que não havia espaço para ele voar.

Kiki rapidamente juntou-se a seu camarada, e não demorou para alcançarem o chão.

OS LE-MAC-AGS CRIAM ENCRENCA

Naquela manhã, aconteceu uma grande encrenca na Floresta Gugu. Chipo, o Javali Selvagem, arrancou fora com uma mordida a cauda de Arx, a Girafa, enquanto esta última estava com a cabeça entre as folhas de uma árvore, comendo seu café da manhã. Arx deu um chute com os calcanhares e atingiu Tirrip, a grande Canguru, que estava com um bebê na bolsa. Tirrip sabia que tinha sido culpa do Javali Selvagem, e então derrubou-o com um poderoso golpe e correu para escapar das presas afiadas de Chipo. Na caçada que se seguiu, um porco-espinho gigante disparou espinhos afiados no Javali, e um chimpanzé, de uma árvore, atirou um coco no porco-espinho, que prendeu a cabeça dele ao corpo.

Tudo isso era fora das Leis da Floresta, e, quando toda essa confusão terminou, Gugu, o Rei Leopardo, convocou uma reunião de seus conselheiros reais para decidir a melhor maneira de punir os agressores.

Os quatro senhores da floresta estavam reunidos solenemente em uma pequena clareira quando viram dois estranhos animais aproximando-se deles: animais de um tipo que nunca tinham visto antes.

Nenhum dos quatro, no entanto, relaxou sua dignidade nem mostrou sua perplexidade com algum movimento. O grande Leopardo agachou-se completamente sobre um tronco de árvore caído. Bru, o Urso, sentou-se nas ancas em frente ao rei; Rango, o Macaco-Cinzento, ficou de pé com os braços musculosos dobrados, e Loo, o Unicórnio, reclinado como fazem os cavalos, entre os colegas conselheiros. Com um consenso, permaneceram em silêncio, olhando com expressão firme para os intrusos, que passavam pela floresta que era domínio deles.

– É bom vê-lo, irmãos! – disse um dos estranhos animais, parando de repente diante do grupo, enquanto seu camarada ficou um pouco atrás, hesitante.

– Nós não somos seus irmãos – respondeu o Macaco-Cinzento duramente. – Quem são vocês e como chegaram até a Floresta Gugu?

– Nós dois somos Le-Mac-Ags[1] – disse Ruggedo, inventando o nome. – Somos da Ilha do Céu e viemos até a terra para alertar os animais da floresta de que o povo de Oz está prestes a guerreá-los e escravizá-los, de maneira que vocês irão tornar-se animais de carga para sempre e terão que obedecer apenas aos senhores deles, de duas pernas.

Um profundo rugido de raiva subiu do Conselho de Animais.

– *Quem* é que vai fazer isso? – perguntou Loo, o Unicórnio, com uma voz aguda e estridente, pondo-se de pé ao mesmo tempo.

– O povo de Oz – disse Ruggedo.

– Mas o que *nós* iremos fazer? – perguntou o Unicórnio.

– É sobre isso que viemos falar com vocês.

---

[1] Le-Mac-Ag = misto de leão, macaco e águia. (N.T.)

– Não precisa falar! Nós vamos travar guerra com o povo de Oz! – gritou o Unicórnio. – Vamos esmagá-los; pisoteá-los; sangrá-los; vamos...

– Silêncio! – rugiu Gugu, o Rei, e Loo obedeceu, embora ainda tremendo de cólera. O olhar frio e fixo do Leopardo passeou pelos dois animais estranhos. – O povo de Oz – disse ele – não tem sido nosso amigo; nem tem sido nosso inimigo. Eles nos têm deixado tranquilos, e nós os deixamos tranquilos. Não há razão para a guerra entre nós. Eles não têm escravos. Não poderiam nos usar como escravos se nos conquistassem. Acho que vocês estão falando mentiras, seus estranhos Le-Mac-Ags... animais misturados, que não são uma coisa nem outra.

– Ora, dou a minha palavra, é verdade! – protestou o nomo em sua forma animal. – Eu não mentiria para o mundo; eu...

– Silêncio! – rugiu novamente Gugu, o Rei; e, por algum motivo, mesmo Ruggedo sentiu-se embaraçado e obedeceu à ordem.

– O que você diz, Bru? – perguntou o rei, virando-se para o grande Urso, que até aquele momento não tinha dito nada.

– Como é que esses animais misturados sabem que o que dizem é verdade? – perguntou o Urso.

– Porque eu posso voar, você sabe, por ter as asas de uma águia – explicou o nomo. – Eu e meu camarada aí – virando-se para Kiki – voamos até uma caverna em Oz e lá ouvimos as pessoas falando de quanta corda vão fabricar para capturar vocês, animais, e depois vão cercar esta floresta, e todas as outras florestas, e fazê-los prisioneiros. Então estamos aqui para alertá-los, por também sermos animais, embora vivamos no céu, e por sermos seus amigos.

O Leopardo arreganhou a boca, mostrando seus dentes enormes, pontiagudos como agulhas. Ele virou-se para o Macaco-Cinzento.

– O que é que *você* acha, Rango? – perguntou.

– Mande esses animais misturados embora, Majestade – replicou o Macaco-Cinzento. – São encrenqueiros.

– Não façam isso… não façam isso! – gritou o Unicórnio nervoso. – Os estranhos disseram que nos diriam o que fazer. Vamos deixar que nos digam, então. Por acaso somos tolos para não dar atenção a um alerta?

Gugu, o rei, virou-se para Ruggedo.

– Fale, estranho – ordenou.

– Bem – falou o nomo –, é o seguinte: a Terra de Oz é um belo país. O povo de Oz tem muitas coisas boas… casas com camas macias, toda espécie de comida saborosa, roupas bonitas, joias incríveis, e muitos outras coisas das quais os animais nada sabem. Aqui na floresta escura os pobres animais têm que trabalhar duro para comer e encontrar uma cama onde descansar. Mas os animais são melhores do que as pessoas, e por que não teriam todas essas coisas boas que as pessoas têm? Portanto, proponho, antes que o povo de Oz tenha tempo de fabricar todas as cordas para amarrarem vocês, que todos nós, animais, nos unamos e marchemos contra o povo de Oz e os capturemos. Então os animais se tornarão os senhores, e os habitantes de Oz, seus escravos.

– Que bem isso iria nos fazer? – perguntou Bru, o Urso.

– Iria salvar vocês da escravidão, por um lado, e vocês poderiam aproveitar todas as belas coisas que o povo de Oz tem.

– Os animais não saberiam o que fazer com as coisas que as pessoas usam – disse o Macaco-Cinzento.

– Mas essa é apenas uma parte do meu plano – insistiu o nomo. – Ouçam o restante. Nós dois, Le-Mac-Ags, somos mágicos poderosos. Quando vocês tiverem conquistado o povo de Oz, nós transformaremos aquelas pessoas em animais e os enviaremos para viver na floresta, e então transformaremos todos os animais em pessoas, de modo que possam aproveitar os maravilhosos prazeres da Cidade das Esmeraldas.

Por um momento, nenhum animal falou. Então o rei disse:
– Prove.
– Provar o quê? – perguntou Ruggedo.
– Prove que vocês podem nos transformar. Se vocês são mágicos, transformem o Unicórnio em um homem. Aí nós acreditaremos em vocês. Se falharem, nós os destruiremos.
– Está bem – falou o nomo. – Mas estou cansado, por isso vou deixar meu camarada fazer a transformação.

Kiki Aru tinha ficado de costas para o círculo, mas ouviu tudo o que foi dito. Nesse momento, percebeu que precisava honrar as gabolices de Ruggedo, de modo que se retirou para a borda da clareira e sussurrou a palavra mágica.

No mesmo instante, o Unicórnio tornou-se um homem pequeno e gorducho, vestido com uma roupa roxa Gillikin, e era difícil dizer qual deles estava mais espantado, o Rei, o Urso, o Macaco ou o antigo Unicórnio.

– É verdade! – resumiu o homem-animal. – Céus, vejam como estou! É maravilhoso!

O Rei dos Animais então dirigiu-se a Ruggedo em tom mais amigável.

– Devemos acreditar em sua história, uma vez que você nos deu prova de seu poder – disse ele. – Mas, se você é tão bom mágico, por que não conquista o povo de Oz sem nossa ajuda, poupando-nos assim de encrencas?

– Calma lá! – replicou o astuto velho nomo. – Nenhum mágico é tão capaz assim de tudo. As transformações são fáceis para nós porque somos Le-Mac-Ags, mas não conseguimos combater ou conquistar nem mesmo criaturas tão fracas como os habitantes de Oz. Porém, vamos ficar com vocês, aconselhar e ajudá-los, e podemos transformar todos os habitantes de Oz em animais, quando chegar a hora, e todos os animais em pessoas.

Gugu, o rei, voltou-se para seus conselheiros.

– Como devemos responder a esse amigável estranho? – perguntou ele.

Loo, o antigo Unicórnio, estava dançando por ali, brincando e correndo como um palhaço.

– Palavra, Majestade – disse ele –, isso de ser homem é mais engraçado do que ser unicórnio.

– Você está parecendo um tolo – disse o Macaco-Cinzento.

– Bem, eu me *sinto* ótimo! – declarou o homem-animal.

– Acho que prefiro ser urso – disse o Grande Bru. – Nasci urso e sei como é ser urso. Então, estou satisfeito vivendo como um urso vive.

– Isso – disse o velho nomo – é porque você não conhece nada melhor. Quando tivermos conquistado o povo de Oz e você se tornar homem, vai ficar contente com a transformação.

O imenso Leopardo descansou o queixo no tronco e pareceu pensativo.

– Os animais da floresta devem decidir esse assunto por eles mesmos – disse. – Você, Rango, que é um Macaco-Cinzento, vá lá e diga à sua tribo de macacos que mandem todos os animais da floresta reunir-se na Grande Clareira amanhã, no fim da tarde. Quando todos estiverem ali reunidos, este animal misturado, que é um mágico, deve falar a eles o que está nos dizendo. Então, se eles resolverem combater o povo de Oz, que deve declarar guerra a nós, eu liderarei os animais na batalha.

Rango, o Macaco-Cinzento, virou-se de repente e deslizou rapidamente pela floresta em sua missão. O Urso deu um grunhido e foi embora. O rei Gugu levantou-se e espreguiçou-se. Então disse para Ruggedo:

– Encontre-nos amanhã ao pôr do sol. – E com passadas imponentes desapareceu entre as árvores.

O homem-unicórnio, deixado sozinho com os estranhos, de repente parou com seu tolo saltitar.

– Seria melhor você me transformar em Unicórnio novamente – disse ele. – Gosto de ser homem, mas os animais da floresta não vão saber que sou Loo, amigo deles, e podem me fazer em pedaços antes do amanhecer.

Então Kiki transformou-o de volta em sua antiga forma, e o Unicórnio partiu para juntar-se aos seus iguais.

Ruggedo, o Nomo, estava feliz com seu sucesso.

– Amanhã – disse ele a Kiki Aru –, vamos encantar esses animais e colocá-los para lutar e conquistar o povo de Oz. Então, poderei me vingar de Ozma, Dorothy e todo o resto de nossos inimigos.

– Mas eu é que estou fazendo todo o trabalho – disse Kiki.

– Não se preocupe; você vai ser rei de Oz – prometeu Ruggedo.

– Será que o grande Leopardo vai me deixar ser rei? – perguntou o menino, ansiosamente.

O nomo aproximou-se dele e sussurrou:

– Se Gugu, o Leopardo, decidir opor-se a nós, você deve transformá-lo em uma árvore, e então ele não terá salvação.

– Claro – concordou Kiki, e disse a si mesmo: – Também vou transformar esse nomo desonesto em uma árvore, porque mente, e não confio nele.

A ILHA DA FLOR MÁGICA

A Gata de Vidro era uma boa guia e conduziu Trot e o Capitão Bill por trilhas certeiras e fáceis em toda a área colonizada do País dos Munchkins, e depois pela parte norte, onde havia poucas casas, e finalmente através de uma região selvagem, onde não havia mais casas nem trilhas. Mas a caminhada não foi difícil, e por fim chegaram ao limite da floresta e pararam ali para acampar e dormir até a manhã seguinte.

Com os galhos de algumas árvores, o Capitão Bill fez uma pequena casa, de tamanho apenas suficiente para que a garota entrasse ali e se deitasse. Mas primeiro eles comeram um pouco dos alimentos que Trot tinha levado na cesta.

– Você não quer um pouco também? – perguntou ela à Gata de Vidro.

– Não – respondeu a criatura.

– Imagino que você vá andar por aí e caçar um rato – disse o Capitão Bill.

– Eu? Caçar um rato! Por que eu deveria fazer isso? – perguntou a Gata de Vidro.

– Ora, assim você poderia comê-lo – disse o marinheiro.

– Devo lhe dizer – respondeu a bichana de cristal – que não como ratos. Por eu ser transparente, qualquer um pode ver através de mim, e eu não ficaria nada bonita, não é, com um rato comum na barriga, hein? Mas o fato é que eu não tenho estômago ou outra maquinaria dessas que me permita comer coisas. O descuidado mágico que me fez não pensou que eu precisasse comer, imagino.

– Você nunca tem fome nem sede? – perguntou Trot.

– Nunca. Não reclamo da maneira como ele me fez, você sabe, porque nunca tinha visto nenhuma coisa viva tão bela como eu. E tenho o cérebro mais bonito do mundo. É cor-de-rosa, e você pode vê-lo funcionando.

– Fico imaginando – disse Trot pensativa, enquanto comia seu pão com geleia – se o meu cérebro girasse da mesma forma que o seu.

– Não; não da mesma forma, certamente – retornou a Gata de Vidro –, porque, nesse caso, ele teria que ser tão bom como o meu, a não ser pelo fato de estar escondido embaixo de uma espessa caixa craniana.

– Existem cérebros – afirmou o Capitão Bill – de várias espécies, que funcionam de diferentes maneiras. Mas já reparei que aqueles que pensam ter o melhor cérebro com frequência se enganam.

Trot ficou um pouco perturbada com os sons vindos da floresta naquela noite, pois muitos animais pareciam rondar por entre as árvores, mas confiava que o Capitão Bill pudesse protegê-la de algum perigo. E, de fato, nenhum animal aventurou-se a sair da floresta para atacá-los.

Quando o dia raiou, eles levantaram-se e, depois de um café da manhã simples, o Capitão Bill disse para a Gata de Vidro:

– Levantar âncora, parceiros, vamos seguir em frente. Imagino que não estamos longe da Flor Mágica, hein?

– Não longe – respondeu a criatura transparente, enquanto abria caminho pela floresta –, mas ainda deve levar algum tempo para chegar até essa flor.

Pouco depois, alcançaram a margem de um rio. Não era muito largo nesse lugar, mas, conforme seguiam pela margem, na direção norte, o rio gradualmente se alargava.

De repente, as folhas verde-azuladas das árvores tornavam-se de cor roxa, e Trot, percebendo isso, falou:

– Fico imaginando o que é que faz as cores mudarem desse jeito!

– É porque nós deixamos o País dos Munchkins e entramos no País dos Gillikins – explicou a Gata de Vidro. – Também é um sinal de que nossa jornada está perto do fim.

O rio fazia ali uma súbita curva e, depois que os viajantes a completaram, viram que o curso de água tornava-se tão largo como um lago e, no centro do lago, observaram uma pequena ilha, com não mais do que dois quilômetros de extensão, de qualquer modo. Alguma coisa brilhava no meio da pequena ilha, e a Gata de Vidro parou na margem e disse:

– Lá está o Pote de Ouro que contém a Flor Mágica, que é muito curiosa e bonita. Se conseguirem chegar à ilha, sua tarefa estará terminada... apenas terão que carregar essa flor com vocês.

O Capitão Bill olhou para a amplidão de água e começou a assobiar baixinho uma canção melodiosa. Trot percebeu que o assobio queria dizer que o Capitão Bill estava pensando, e o velho marinheiro não olhava para a ilha nem para as árvores da margem em que eles estavam. Nesse momento, ele pegou do grande bolso de seu casaco a lâmina de seu machado, protegida por um velho pedaço de pano para impedir que cortasse sua roupa. Então, com uma grande faca de bolso, cortou um pequeno galho de uma árvore e afinou a ponta para servir de cabo ao machado.

– Sente-se, Trot – aconselhou ele, enquanto trabalhava. – Tenho certo trabalho a fazer agora, pois vou construir uma jangada para nós.

– Para que nós precisamos de jangada, capitão?

– Ora, para nos levar até a ilha. Não podemos andar sob a água, no leito do rio, como fez a Gata de Vidro, então devemos flutuar sobre a água.

– O senhor sabe fazer jangadas, Capitão Bill?

– Claro, Trot, se me der um tempinho.

A garotinha sentou-se em um tronco e ficou admirando a ilha da Flor Mágica. Nada mais parecia crescer na pequena ilha. Não havia árvores, nem arbustos, nem mesmo grama, até onde ela podia perceber daquela distância. Mas o Pote de Ouro reluzia à luz do sol, e Trot podia entrever relances de cores brilhantes acima dele, enquanto a Flor Mágica ia modificando-se de uma espécie para outra.

– Quando estive aqui antes – afirmou a Gata de Vidro, preguiçosamente recostada nos pés da garota –, vi dois kalidahs nesta mesma margem, onde eles tinham vindo beber água.

– O que são *kalidahs*? – perguntou a garota.

– Os animais mais poderosos e ferozes de toda a Terra de Oz. Esta floresta é onde eles vivem, e por isso existem poucos animais por aqui, a não ser macacos. E eles estão sempre alertas o suficiente para manter-se fora do caminho dos ferozes kalidahs, que atacam todos os outros animais, e muitas vezes lutam entre si mesmos.

– Eles tentaram lutar com você quando os encontrou aqui? – perguntou Trot, ficando muito animada.

– Sim. Eles pularam na minha frente de repente; mas me deitei no chão, de modo que minhas pernas não se quebrassem com o grande peso dos animais, e, quando tentaram morder-me, eu ri na cara deles e zombei de todos, e eles até ficaram loucos de raiva porque quase quebraram os dentes no meu vidro duro. Então, depois de um tempo, perceberam que não podiam me ferir e foram embora. Foi muito engraçado.

– Espero que eles não venham aqui de novo para beber... não enquanto estivermos por aqui, pelo menos – retrucou a garota –, porque não sou feita de vidro, nem o Capitão Bill, e, se esses animais maldosos nos morderem, ficaremos muito feridos.

O Capitão Bill estava cortando compridas estacas das árvores, deixando-as finas em uma ponta e mais largas na outra. Desse modo, as madeiras da jangada poderiam manter-se unidas. Já tinha aparado assim várias estacas e estava terminando outra quando a Gata de Vidro gritou:

– Cuidado! Vem vindo um kalidah em nossa direção.

Trot pulou, bastante assustada, e olhou para o terrível animal como que fascinada por seus olhos ferozes, pois o kalidah estava olhando para ela também, e seu olhar não era nada amigável. Mas o Capitão Bill disse a ela:

– Entre na água, Trot, até chegar ao nível dos joelhos... e fique lá! – E ela obedeceu-lhe imediatamente.

O marinheiro quase caiu de frente, com a estaca em uma mão e o machado na outra, e colocou-se entre a garota e o animal, que pulou na direção dele com um rugido de desafio.

O Capitão Bill primeiro se mexeu bem devagarinho, mas logo agiu o mais rápido que pôde. Enquanto o kalidah pulava em sua direção, ele destacou a perna de madeira e golpeou o animal entre os olhos, de tal forma que ele saiu rolando pelo chão. Antes que pudesse ficar de pé outra vez, o marinheiro empurrou a estaca afiada bem no meio do corpo dele, e então, do lado não afiado da madeira, martelou-a bem fundo no chão, o máximo que conseguiu. Desse modo, manteve o grande animal imobilizado e tornou-o inofensivo, pois, por mais que tentasse, não poderia sair da estaca que o mantinha preso ao chão.

O Capitão Bill sabia que não podia matar o kalidah, porque nenhuma coisa viva em Oz poderia ser morta. Por isso, afastou-se um pouco e observou o animal contorcer-se, rugir e bater as garras com violência na terra; então, satisfeito com o fato de que ele não poderia escapar, disse a Trot para sair da água e secar os pés e as meias ao sol.

– Tem certeza de que ele não pode escapar? – perguntou ela.

– Aposto um doce que não – disse o Capitão Bill, de modo que Trot saiu da água e, em terra, tirou os sapatos e as meias e deixou-os em um tronco para secar, enquanto o marinheiro reassumiu seu trabalho na jangada.

O kalidah, percebendo depois de muitos esforços que não poderia escapar, acabou ficando quieto, mas disse com uma voz que mais parecia um grunhido áspero:

– Imagino que está se achando muito esperto, espetando-me aqui no chão dessa maneira. Mas, quando meus amigos, os outros kalidahs, vierem até aqui, vão fazer picadinho de você por me tratar dessa maneira.

– Talvez sim – replicou o Capitão Bill friamente, enquanto cortava os galhos –, talvez não. Quando seu pessoal vai chegar aqui?

– Não sei – admitiu o kalidah –, mas, quando vierem, você não vai escapar.

– Se eles demorarem o suficiente, terei tempo de aprontar minha jangada – disse o Capitão Bill.

– O que é que você vai fazer com uma jangada? – perguntou o animal.

– Vamos até aquela ilha para conseguir pegar a Flor Mágica.

O grande animal olhou para ele surpreso por um momento, e então começou a rir. A risada era um pouco parecida com um rugido, e tinha um som cruel e zombeteiro, mas era uma risada.

– Bom! – disse o kalidah. – Bom! Muito bom! Fico feliz que você vá pegar a Flor Mágica. Mas o que vai fazer com ela?

– Vamos levá-la para Ozma, como presente de aniversário.

O kalidah riu de novo; então ficou sério e disse:

– Se você chegar à terra em sua jangada antes que o meu pessoal possa pegar você – disse ele –, estará livre de nós. Podemos nadar como patos, portanto a garota não teria escapado de mim pelo fato de estar na água; mas os kalidahs não vão até essa ilha.

– Por que não? – perguntou Trot.

O animal ficou em silêncio.

– Conte-nos a razão – perguntou ansioso o Capitão Bill.

– Bem, é a ilha da Flor Mágica – respondeu o kalidah –, e não queremos saber muito de magia. Se você não tivesse uma perna mágica, em vez de uma de carne, não poderia ter me batido tão facilmente e espetado essa estaca em mim.

– Eu estive na Ilha Mágica – disse a Gata de Vidro – e observei a Flor Mágica desabrochar, e tenho certeza de que é linda demais para ficar esquecida em um lugar onde os animais vagueiam em volta dela e nenhum a vê. Por isso, estamos indo lá pegá-la para levá-la até a Cidade das Esmeraldas.

– Não me interessa – replicou o animal, mal-humorado. – Nós, kalidahs, ficaríamos satisfeitos do mesmo jeito se não existisse essa flor em nossa floresta. Qual o benefício dessa coisa, de qualquer modo?

– Não aprecia as coisas bonitas? – perguntou Trot.

– Não.

– Você deveria admirar meu cérebro cor-de-rosa, seja como for – declarou a Gata de Vidro. – É lindo, e pode-se vê-lo funcionando.

O animal apenas grunhiu em resposta. O Capitão Bill, tendo então cortado todos os troncos do tamanho certo e terminado o serviço, empurrou a jangada até a beira da água, e todos afastaram-se rapidamente.

GRUDA RÁPIDO

O dia estava quase terminando quando finalmente a jangada ficou pronta.

– Não é muito grande – disse o velho marinheiro –, mas eu não peso muito, e você, Trot, não pesa nem metade do meu peso; a bichana de vidro nem se conta.

– Mas ela é segura, não é? – perguntou a garota.

– Sim; é boa o suficiente para nos levar até a ilha e voltar, e isso é tudo o que podemos esperar dela.

Dizendo isso, o Capitão Bill empurrou a jangada até a água e, quando ela flutuou, subiu nela e estendeu a mão para Trot, que rapidamente o seguiu. A Gata de Vidro foi a última a embarcar.

O marinheiro havia cortado uma estaca mais comprida na qual entalhou um remo, e com este foi fácil dar impulso na jangada rio adentro. Ao se aproximarem da ilha, a Flor Maravilhosa foi tornando-se mais nitidamente visível, e logo perceberam que a Gata de Vidro não fizera nenhum elogio à flor. As cores das flores que desabrochavam em rápida sucessão eram incrivelmente brilhantes e bonitas, e as formas dos botões eram variadas e curiosas. Na verdade, elas não se pareciam nada com as flores comuns.

Trot e o Capitão Bill admiravam tão intensamente o Pote de Ouro que sustentava a Flor Mágica que eles mal notaram a ilha em si, até que a jangada parou na areia. Mas então a garota exclamou:

– Engraçado, Capitão Bill, que nada mais cresça aqui a não ser a Flor Mágica.

Então o marinheiro relanceou os olhos pela ilha e viu que o terreno era nu, sem relva nem pedras, sem um pedacinho de grama. Trot, ansiosa para examinar a flor de perto, pulou da jangada e correu pela margem até alcançar o Pote de Ouro. Então parou diante dela sem movimento e maravilhada. O Capitão Bill juntou-se a ela, vindo mais devagar, e também ele ficou em silenciosa admiração por um tempo.

– Ozma vai gostar disso – afirmou a Gata de Vidro, sentando-se para observar as mudanças das flores. – Tenho certeza de que ela não vai receber um presente de aniversário tão bonito assim de mais ninguém.

– Acha que é muito pesado, capitão? Será que poderemos levar o pote para casa sem o quebrar? – perguntou Trot ansiosamente.

– Bem, já levantei coisas muitos maiores do que essa – replicou ele –; mas vamos ver quanto pesa.

Ele tentou dar um passo à frente, mas não conseguiu levantar o pé bom do chão. Sua perna de madeira parecia livre, mas não mexia a outra.

– Parece que estou grudado, Trot – disse ele olhando com perplexidade para o pé. – Não é lama, nem cola, mas alguma coisa está me prendendo ao chão.

A garota tentou levantar os pés para aproximar-se do amigo, mas o chão os mantinha presos tão depressa como prendeu o pé do Capitão Bill. Ela tentou deslizar os pés, ou girá-los para um lado e para o outro, mas não conseguiu; não podia mexer o pé nem a espessura de um fio de cabelo.

– É engraçado! – exclamou ela. – O que acha que aconteceu com a gente, Capitão Bill?

– Estou tentando descobrir – respondeu ele. – Tire os sapatos, Trot. Talvez seja o couro das solas que grude no chão.

Ela abaixou-se e desamarrou os sapatos, mas descobriu que não podia tirar os pés de dentro deles. A Gata de Vidro, que andava por ali tão naturalmente como sempre, disse então:

– Seus pés criaram raízes, capitão, e posso ver essas raízes indo para dentro do chão, onde se espalharam em todas as direções. Aconteceu a mesma coisa com você, Trot. É por isso que não podem mover-se. As raízes estão bem agarradas a vocês.

O Capitão Bill era um pouco gordo e não podia ver muito bem os próprios pés, mas agachou e examinou os pés de Trot e percebeu que a Gata de Vidro estava certa.

– Isso é muito azar – afirmou, em uma voz que mostrava o quanto ele estava inquieto com a descoberta. – Somos prisioneiros nesta ilha engraçada, Trot, e gostaria de saber como poderemos nos soltar e voltar para casa outra vez.

– Agora sei por que o kalidah riu de nós – disse a garota – e por que disse que os animais nunca vieram até esta ilha. Essa horrível criatura sabia que nós seríamos pegos e não nos avisou.

Nesse meio-tempo, o kalidah, embora preso junto à terra pela estaca usada pelo Capitão Bill, estava encarando a ilha, e agora a feia expressão que estampara na face quando fora desafiado e zombado pelo Capitão Bill e Trot havia mudado para uma expressão de diversão e curiosidade. Quando viu que os aventureiros tinham realmente chegado à ilha e estavam ao lado da Flor Mágica, deu um suspiro de satisfação... um longo e profundo suspiro que chegou ao fundo de seu peito, até que o animal pôde sentir que a estaca que o mantinha ali tinha se movido um pouco, como se começasse a soltar-se do chão.

– Ah! – murmurou o kalidah. – Um pouco mais desse movimento pode libertar-me e permitir que eu escape!

Então começou a respirar tão forte quanto podia, estufando o peito o máximo possível a cada aspiração de ar, e, fazendo isso, conseguiu que a estaca subisse um pouco com as fortes tomadas de fôlego, até que finalmente o kalidah – usando os músculos de suas quatro pernas tanto quanto a forte respiração – libertou-se do solo arenoso.

A estaca ainda estava bem espetada nele, contudo, por isso procurou uma rocha profundamente enfiada na margem e pressionou a ponta afiada da estaca contra a superfície dessa rocha, até que ela foi sendo levada para fora de seu corpo. Depois, enfiando a estaca no emaranhado de uma moita cheia de espinhos e retorcendo o próprio corpo, conseguiu arrancá-la completamente.

– Está aí! – exclamou ele. – A não ser por esses dois buracos em mim, estou tão bom como sempre; mas preciso admitir que aquele sujeito de perna de pau salvou-se e também à garota fazendo-me prisioneiro.

Assim, os kalidahs, embora fossem as criaturas mais desagradáveis da Terra de Oz, eram, de qualquer modo, mágicos habitantes de um país encantado, e, na natureza deles, certa dose de bem misturava-se a outra de mal. Este não era muito vingativo, e agora que seus últimos inimigos estavam em perigo de morrer, sua raiva contra eles desapareceu.

– Nosso rei Kalidah – refletiu ele – tem certos poderes mágicos próprios. Talvez ele saiba como preencher esses dois buracos feitos em meu corpo.

Então, sem prestar mais atenção em Trot e no Capitão Bill do que eles prestavam nele, entrou na floresta e percorreu uma trilha secreta que levava ao covil escondido de todos os kalidahs.

Enquanto o kalidah salvava-se e fugia, o Capitão Bill tirou seu cachimbo do bolso, encheu-o com tabaco e acendeu-o. Então, enquanto soltava baforadas de fumaça, tentou pensar no que poderia ser feito.

– A Gata de Vidro parece estar bem – deduziu ele –, e minha perna de madeira não criou raízes nem cresceu tampouco. Então é apenas a carne que fica presa.

– É a magia que faz isso, capitão!

– Eu sei, Trot, e é isso que me prende. Estamos vivendo em um país mágico, mas nenhum de nós conhece nenhuma magia e, portanto, não podemos nos salvar.

– O Mágico de Oz não poderia nos salvar... ou Glinda, a Bruxa Boa? – perguntou a garotinha.

– Ah, agora estamos começando a raciocinar – respondeu ele. – Provavelmente eu logo também teria pensado nisso. Por sorte, a Gata de Vidro está livre; pode correr até a Cidade das Esmeraldas, contar ao Mágico sobre nossa situação e pedir a ele que venha nos ajudar a nos soltar.

– Você vai? – perguntou Trot à gata, falando seriamente.

– Não sou mensageira, para ser enviada para cá e para lá – afirmou o curioso animal em um tom emburrado de voz.

– Bem – falou o Capitão Bill –, você tem que ir para casa, de qualquer modo, porque não quer ficar aqui, já percebi. E, quando for para casa, não lhe custaria nada avisar o Mágico o que está acontecendo com a gente.

– É verdade – disse a gata, sentando sobre os quadris e preguiçosamente limpando o rosto com a pata de vidro. – Não pretendo contar ao Mágico quando chegar em casa.

– Não quer ir já? – implorou Trot. – Não queremos ficar muito mais tempo aqui, se pudermos evitar. E todo mundo em Oz ficará interessado em você, e vão chamá-la de heroína e dizer belas coisas a seu respeito por ter salvado seus amigos de sérios problemas.

Essa era a melhor maneira de lidar com a Gata de Vidro, uma criatura tão vaidosa, que adorava ser elogiada.

– Vou para casa agorinha – disse a criatura – e vou dizer ao Mágico para vir salvar vocês.

Dizendo isso, desceu até a água e desapareceu sob a superfície do rio. Como não era capaz de manejar a jangada sozinha, a Gata de Vidro andou pelo fundo do rio como tinha feito quando visitou a ilha antes, e logo eles a viram aparecer na outra margem e correr pela floresta, onde rapidamente deixou de ser vista entre as árvores.

Então Trot deu um profundo suspiro.

– Capitão – disse ela –, estamos em má situação. Não existe nada para comer aqui, e nem mesmo podemos nos deitar para dormir. A menos que a Gata de Vidro corra, e o Mágico também corra, não sei o que será de nós!

OS ANIMAIS DA FLORESTA GUGU

Uma bela reunião de animais selvagens aconteceu na Floresta Gugu ao amanhecer do dia seguinte. Rango, o Macaco-Cinzento, havia convocado até seus macacos sentinelas das bordas da floresta, e todos os animais, pequenos e grandes, estavam na Grande Clareira onde se faziam reuniões nas ocasiões de grande importância.

No centro da clareira ficava uma grande pedra deitada, com uma superfície plana e inclinada, e ali sentou-se, imponente, o Leopardo Gugu, que era o Rei da Floresta. No chão, abaixo dele, estavam agachados Bru, o Urso; Loo, o Unicórnio; e Rango, o Macaco-Cinzento, os três conselheiros do rei, e em frente deles, de pé, estavam os estranhos animais que se chamavam Le-Mac-Ags, mas eram na verdade as transformações de Ruggedo, o Nomo, e Kiki Aru, o Hyup.

Então vieram os animais – fileiras e fileiras deles! Os animais menores estavam mais perto do trono de pedra do rei; depois havia lobos e raposas, linces e hienas, e outros semelhantes; atrás deles estavam reunidas as tribos de macacos, que era difícil manter em ordem porque eles provocavam os outros animais e eram cheios de truques mal-intencionados. Atrás dos macacos estavam os pumas, jaguares, tigres e leões, e seus semelhantes; depois os ursos, de todos os tamanhos e cores; atrás deles os bisões, burros selvagens, zebras e unicórnios; mais adiante os rinocerontes e hipopótamos, e na borda da floresta, perto das árvores que fechavam a clareira, estava uma fileira de elefantes com sua pele grossa, parados como estátuas, mas com olhos brilhantes e inteligentes.

Muitas outras espécies de animais, bastante numerosos para mencionar, estavam lá também, e alguns eram diferentes de qualquer animal que vemos nos zoológicos de nosso país. Alguns eram das montanhas a oeste da floresta, e alguns, das planícies do leste, e outros, do rio; mas todos mostravam reconhecimento à liderança de Gugu, que por muitos anos vinha governando os animais com sabedoria, obrigando todos a obedecer às leis.

Depois que os animais tomaram seus lugares na clareira e o sol nascente enviou seus primeiros raios brilhantes sobre o alto das árvores, o rei Gugu ergueu-se do trono. O tamanho gigantesco do Leopardo, maior do que todos os outros, provocou um repentino burburinho por toda a assembleia.

– Irmãos – disse ele com sua voz profunda –, um estranho veio até nós, um animal com uma forma curiosa, que é um grande mágico, capaz de mudar a forma dos homens e dos animais conforme sua vontade. Esse estranho veio até nós com outro de sua espécie, lá do céu, para nos alertar de um perigo que nos ameaça a todos, e para nos oferecer uma maneira de escapar a tal perigo. Diz ele que é nosso amigo e provou a mim e aos conselheiros seus poderes mágicos. Querem ouvir o que ele tem para dizer a vocês... a mensagem que ele trouxe do céu?

– Deixe-o falar! – foi a resposta, em um alto rugido do grande grupo de animais reunidos.

Então Ruggedo, o Nomo, pulou à frente da plana rocha ao lado do rei Gugu, e outro rugido, mais suave desta vez, mostrou o quanto os animais estavam atônitos com a visão de sua forma curiosa. Sua cara de leão era rodeada por uma juba de pelos brancos; suas asas de águia eram presas aos ombros de seu corpo de macaco e eram tão compridas que quase tocavam o chão; possuía fortes braços e pernas além das asas, e na ponta de sua longa e forte cauda havia uma bola dourada. Nunca nenhum dos animais tinha se deparado antes com uma criatura tão curiosa, e então a visão do estranho, que fora apresentado como um grande mágico, deixou todos os presentes espantados e maravilhados.

Kiki ficou de pé atrás e, meio escondido pela pedra, mal foi notado. O garoto se deu conta de que o velho nomo estava perdido sem seu poder mágico, mas também já se dera conta de que Ruggedo era o melhor com as palavras. Por isso estava torcendo para que Ruggedo tomasse a iniciativa.

– Animais da Floresta Gugu – começou Ruggedo, o Nomo –, meu camarada e eu somos seus amigos. Somos mágicos, e de nosso lar no céu podemos enxergar a Terra de Oz e ver tudo o que está acontecendo. Também podemos ouvir o que as pessoas embaixo de nós estão dizendo. Foi assim que ouvimos Ozma, que governa a Terra de Oz, dizer a seu povo: "Os animais da Floresta Gugu são preguiçosos e não têm utilidade para nós. Vamos até a floresta e fazer deles nossos prisioneiros. Vamos amarrá-los com cordas e bater neles com estacas até que trabalhem para nós e se tornem nossos escravos". E, quando as pessoas ouviram Ozma de Oz dizer isso, ficaram contentes e gritaram alto, dizendo: "Vamos fazer isso! Vamos tornar os animais da Floresta Gugu nossos escravos!".

O malicioso velho nomo não pôde dizer mais nada, pois então, de tão feroz que foi o rugido de raiva emitido pela multidão de animais, sua voz foi abafada pelo clamor. Finalmente o rugido desapareceu, como um trovão distante, e Ruggedo, o Nomo, continuou com seu discurso.

– Depois de ouvirmos o povo de Oz tramar contra a liberdade de vocês, ficamos observando o que eles iriam fazer, e vimos que todos começaram a fabricar cordas, cordas longas e curtas, com as quais iriam amarrar nossos amigos animais. Vocês estão furiosos, mas nós também ficamos furiosos, porque, quando o povo de Oz se tornou inimigo dos animais, também tornou-se nosso inimigo; porque nós também somos animais, embora vivendo no céu. E meu camarada e eu dissemos: "Vamos salvar nossos amigos e nos vingar do povo de Oz". E assim nos deslocamos até aqui para lhes contar sobre o perigo e o nosso plano para salvar vocês.

– Nós mesmos podemos nos salvar – gritou o velho Elefante. – Podemos lutar.

– Os habitantes de Oz são encantados, e vocês não podem lutar contra a magia a não ser que também tenham magia – respondeu o nomo.

– Conte-nos o seu plano – gritou o grande Tigre, e os outros animais ecoaram suas palavras, gritando: – Conte-nos o seu plano.

Meu plano é simples – replicou Ruggedo. – Por meio de nossa magia, podemos transformar todos os animais em homens e mulheres, como os habitantes de Oz, e vamos transformar todos os habitantes de Oz em animais. Vocês poderão viver em belas casas na Terra de Oz, comer as boas comidas do povo de Oz, usar suas finas roupas, cantar e dançar e ser felizes. E os habitantes de Oz, tendo se tornado animais, terão que viver aqui na floresta e caçar e lutar por comida, e muitas vezes passar fome, como acontece hoje com vocês, e não ter lugar para dormir a não ser camas de folhas ou um buraco no chão. Ao se tornarem homens e mulheres, vocês, animais, terão todo o conforto que desejarem; e, tornando-se animais, os habitantes de Oz serão uns miseráveis. Esse é o nosso plano, e, se vocês concordarem, iremos marchar imediatamente para a Terra de Oz e logo conquistaremos nossos inimigos.

Quando o estranho parou de falar, um grande silêncio caiu sobre a assembleia, pois os animais ficaram pensando naquilo que ele tinha dito. Finalmente uma das morsas perguntou:

– Vocês conseguem realmente transformar animais em homens e homens em animais?

– Ele consegue... ele consegue! – gritou Loo, o Unicórnio, saltitando para cima e para baixo, todo animado. – Ele *me* transformou, na última noite, e pode transformar todos nós.

Gugu, o Rei, então deu um passo à frente.

– Vocês ouviram o estranho falar – disse ele –, e agora devem responder a ele. Vocês é que vão decidir. Devemos concordar com esse plano ou não?

– Sim! – gritaram alguns animais.

– Não! – gritaram outros.

E outros permaneceram em silêncio.

Gugu passou o olhar pelo grande círculo.

– Pensem mais um pouco – sugeriu ele. – A resposta de vocês é muito importante. Até agora não tivemos nenhum problema com os habitantes de Oz, mas somos orgulhosos e livres e nunca nos tornamos escravos. Pensem cuidadosamente, e, quando realmente tiverem o que responder, vou escutá-los.

KIKI USA SUA MAGIA

Então houve uma grande confusão de sons enquanto todos os animais começavam a falar com seus semelhantes. Os macacos tagarelavam, os ursos rosnavam, os jaguares e os leões rugiam, os lobos uivavam, e os elefantes trombeteavam alto para se fazerem ouvir. Tal agitação nunca tinha acontecido antes na floresta, e cada animal discutia o assunto com o vizinho de tal modo que o barulho parecia que nunca iria acabar.

Ruggedo, o Nomo, levantou os braços e bateu as asas para tentar fazer com que eles o ouvissem de novo, mas os animais não prestaram atenção. Alguns queriam combater os habitantes de Oz, outros queriam ser transformados, e outros, ainda, não queriam fazer nada.

O rebuliço e a confusão tornavam-se maiores do que nunca quando um súbito silêncio caiu sobre todos os animais presentes, as discussões cessaram e todos olharam atônitos para uma estranha visão.

Porque avançou em direção ao círculo um grande Leão – maior e mais poderoso do que qualquer outro leão ali –, e em suas costas vinha montada uma garotinha que sorria destemidamente para a multidão de animais. E atrás do Leão e da garotinha veio outro animal, um monstruoso Tigre, que levava em suas costas um homenzinho engraçado que trazia uma bolsa preta. Logo depois das fileiras de animais maravilhosos, os estranhos animais caminhavam, avançando até chegarem bem diante da rocha trono de Gugu.

Então a garotinha e o homenzinho engraçado desmontaram, e o grande Leão perguntou em voz alta:

– Quem é o rei desta floresta?

– Sou eu! – respondeu Gugu, olhando firme para o outro. – Sou Gugu, o Leopardo, e sou rei desta floresta.

– Então eu o saúdo, Majestade, com grande respeito – disse o Leão. – Talvez você já tenha ouvido falar de mim, Gugu. Sou chamado de Leão Covarde e sou o Rei dos Animais de todo o mundo.

Os olhos de Gugu piscaram de raiva.

– Sim – disse ele –, ouvi falar de você. Faz tempo que você tem se proclamado Rei dos Animais, mas nenhum animal covarde pode ser meu rei.

– Ele não é covarde, Majestade – afirmou a garotinha. – Só é medroso, é tudo.

Gugu olhou para ela. Todos os animais estavam olhando para ela também.

– Quem é você? – perguntou o rei.

– Eu? Ah, sou apenas Dorothy – respondeu ela.

– Como se atreve a vir aqui? – perguntou o rei.

– Ora, não tenho medo de ir a nenhum lugar se o Leão Covarde estiver comigo – disse ela. – Conheço o Leão muito bem, e por isso confio nele. Ele sempre fica com receio quando estamos em uma encrenca, e por isso é que é medroso; mas é um terrível lutador e, portanto, não é covarde. Ele não gosta de lutar, sabe, mas, quando *precisa* lutar, não existe animal algum que possa derrotá-lo.

O rei Gugu olhou para o tamanho grande e poderoso do Leão Covarde e percebeu que ela falava a verdade. Os outros leões da floresta também se aproximaram e fizeram uma pequena reverência diante do estranho Leão.

– Nós lhe damos as boas-vindas, Majestade – disse um deles. – Já o conhecemos há muitos anos, antes que viesse morar na Cidade das Esmeraldas, e o vimos lutar com os terríveis kalidahs e derrotá-los, por isso sabemos que é o Rei dos Animais.

– É verdade – replicou o Leão Covarde –, mas não vim até aqui para governar os animais desta floresta. Gugu é o rei aqui, e acredito que ele seja um rei bom, justo e sábio. Vim com meus amigos como convidado de Gugu, e espero ser bem recebido.

Isso agradou o grande Leopardo, que disse rapidamente:

– Sim; você afinal é bem-vindo à minha floresta. Mas quem são esses estranhos que estão com você?

– Dorothy já se apresentou – replicou o Leão –, e tenho certeza de que vão gostar dela quando a conhecerem melhor. Esse homem é o Mágico de Oz, um amigo meu que consegue fazer maravilhosos truques de mágica. E aqui está meu amigo testado e aprovado, o Tigre Faminto, que mora comigo na Cidade das Esmeraldas.

– Ele está *sempre* faminto? – perguntou Loo, o Unicórnio.

– Estou – replicou o Tigre, respondendo para si mesmo – Estou sempre com fome de bebês gordinhos.

– Você consegue encontrar bebês gordinhos em Oz para comer?

– Lá existem muitos bebês, claro – disse o Tigre –, mas infelizmente tenho plena consciência de que não devo comer bebês. Assim, estou sempre com fome deles e nunca posso comê-los, porque minha consciência não me permite.

Agora, de todos os animais surpresos nessa clareira, nenhum estava mais surpreso com a súbita aparição desses quatro estranhos do que Ruggedo, o Nomo. Além disso, estava temeroso, pois reconhecia neles seus mais poderosos inimigos; e também percebia que eles poderiam saber que ele era o antigo rei dos nomos por causa das formas de animais que ele apresentava, que efetivamente o distinguiam bem. Então tomou coragem e resolveu que o Mágico e Dorothy não estragariam seus planos.

Era difícil dizer, nessa altura, o que a ampla assembleia de animais pensava dos recém-chegados. Alguns olhavam com raiva para eles, mas muitos outros pareciam estar curiosos e maravilhados. Todos eles, no entanto, estavam interessados e permaneciam silenciosos, prestando atenção a tudo o que era dito.

Kiki Aru, que tinha ficado despercebido à sombra da rocha, ficou no início ainda mais alarmado pela vinda dos estranhos do que Ruggedo, e o garoto disse a si mesmo que, a menos que agisse rápido e sem esperar para ouvir o conselho do velho nomo, a conspiração deles estava a ponto de ser descoberta, e todos os seus planos de conquistar e governar Oz estavam arruinados. Kiki também não gostava do modo como Ruggedo agia, porque o antigo rei dos nomos queria que tudo fosse feito à sua própria maneira e fazia o garoto, que sozinho possuía o poder das transformações, obedecer às suas ordens como se fosse um escravo.

Outra coisa que perturbava Kiki Aru era o fato de ter chegado o verdadeiro Mágico, de quem diziam que possuía muitos poderes mágicos. Esse Mágico levava seus instrumentos de magia em uma bolsa preta, era amigo dos habitantes de Oz, e então provavelmente tentaria impedir uma guerra entre os animais da floresta e o povo de Oz.

Todas essas coisas passaram pela mente do garoto Hyup, enquanto o Leão Covarde e o rei Gugu estavam conversando, e foi por isso que o garoto começou a fazer diversas coisas estranhas.

Ele tinha encontrado um lugar perto do ponto em que estava, onde havia um profundo buraco na rocha, então escondeu-se ali e sussurrou levemente, de modo que não pudesse ser ouvido:

– Quero que o Mágico de Oz torne-se um raposo... Pyrzqxgl!

O Mágico, que estava todo sorridente ao lado de seus amigos, de repente sentiu sua forma mudar para a de um raposo, e sua bolsa preta caiu no chão. Kiki esticou um braço e alcançou a bolsa, e o Raposo gritou tão alto quanto pôde:

– Traição! Existe um traidor aqui com poderes mágicos!

Todos ficaram surpresos com esse grito, e Dorothy, vendo seu velho amigo em apuros, gritou:

– Misericórdia!

Mas, no instante seguinte, a forma da garotinha tinha sido transformada na de uma cordeira de lã branca e felpuda, e Dorothy ficou confusa demais para fazer qualquer coisa, a não ser olhar em volta, admirada.

Os olhos do Leão Covarde agora lançavam fogo; ele agachou-se um pouco, chicoteou o chão com a cauda e olhou em volta tentando descobrir quem seria o mágico traidor. Mas Kiki, que mantinha o rosto no buraco da rocha, sussurrou de novo a palavra mágica, e o grande leão desapareceu, e em seu lugar ficou um garotinho vestido com roupa Munchkin. O pequeno Munchkin estava com tanta raiva quanto antes estava o leão, mas era pequeno e indefeso.

Ruggedo, o Nomo, viu o que estava acontecendo e receou que Kiki pudesse estragar seus planos, então inclinou-se sobre a rocha e gritou:

– Pare, Kiki... pare!

Kiki, no entanto, não iria parar. Em vez disso, transformou o nomo em um ganso, para horror e desânimo de Ruggedo. Mas o Tigre Faminto tinha observado todas essas transformações e estava atento para ver qual dos presentes era culpado por elas. Quando Ruggedo falou com Kiki, o Tigre Faminto soube que ele era o mágico, então deu um súbito salto e lançou todo o seu grande corpo em cima da figura do Le-Mac-Ag, agachado em frente à rocha. Kiki não tinha visto a aproximação do Tigre, porque ainda estava com o rosto enfiado no buraco, e o pesado corpo do tigre jogou-o no chão bem na hora em que dizia "Pyrzqxgl!" pela quinta vez.

Então, nesse momento, o tigre que o esmagava transformou-se em um coelho e aliviou seu peso. Kiki levantou-se e, abrindo as asas, voou para os galhos de uma árvore, onde nenhum animal poderia facilmente alcançá-lo. Mas não foi rápido o suficiente ao fazer isso, pois o rei Gugu tinha se agachado na borda da rocha e estava prestes a pular sobre o garoto.

De sua árvore, Kiki transformou Gugu em uma gorda mulher Gillikin e riu alto ao ver como a mulher saltitava com raiva, e como todos os animais estavam atônitos com a nova forma de seu rei.

Os animais também ficaram amedrontados, temendo ter o mesmo destino de Gugu. Então começou uma debandada quando Rango, o Macaco-Cinzento, pulou para a floresta, e o Urso Bru e o Unicórnio Loo o seguiram tão rápido quando puderam. Os elefantes deram meia-volta para a selva, e todos os outros animais, pequenos e grandes, correram atrás deles, dispersando-se pela floresta até que a clareira ficou para trás. Os macacos corriam pelas árvores e pulavam de galho em galho para evitar serem pisados pelos animais maiores, e eram tão rápidos que logo se distanciaram do resto. O pânico parecia ter tomado conta dos habitantes da floresta, e eles fugiam para longe do terrível Mágico tanto quanto possível.

Mas aqueles que foram transformados ficaram na clareira, tão surpresos e desnorteados com as novas formas que só conseguiam olhar uns para os outros de modo confuso e indefeso, embora todos estivessem bastante aborrecidos com as artimanhas de que tinham sido vítimas.

– Quem é você? – perguntou o garoto munchkin para o Coelho.

– Quem é você? – perguntou o Raposo para a Cordeira.

– Quem é você? – perguntou o Coelho para a gorda mulher gillikin.

– Eu sou Dorothy – disse a lanuda Cordeira.

– Eu sou o Mágico – disse o Raposo.

– Eu sou o Leão Covarde – disse o garoto munchkin.

– Eu sou o Tigre Faminto – disse o Coelho.

– Eu sou o rei Gugu – disse a gorda senhora gillikin.

Mas, quando eles perguntaram ao ganso quem ele era, Ruggedo, o Nomo, não lhes disse.

– Eu sou apenas um Ganso – replicou ele – e não consigo me lembrar do que era antes.

A PERDA DA BOLSA PRETA

Kiki Aru, na forma de um Le-Mac-Ag, tinha pulado para os galhos grossos e altos da árvore, de modo que ninguém pudesse vê-lo, e ali abriu a bolsa preta do Mágico, que havia levado com ele no voo. Estava curioso para ver como eram os instrumentos do Mágico e esperava poder usar algum deles, e assim garantiria mais poderes; mas, depois que tirou os artigos da bolsa, teve de admitir que eram um verdadeiro quebra-cabeça para ele. Porque, a menos que compreendesse como usá-los, não teriam valor algum.

Kiki Aru, o garoto Hyup, não era feiticeiro nem mágico e não podia fazer nada fora do comum, a não ser usar a Palavra Mágica que tinha roubado do pai no Monte Munch. Então, pendurou a bolsa preta do Mágico em um galho da árvore e depois desceu para os galhos mais baixos, que lhe permitiam ver o que as vítimas de suas transformações estavam fazendo.

Estavam todas no alto da rocha plana, conversando entre si em voz tão baixa que Kiki não podia ouvir o que diziam.

– Com toda a certeza, é muito azar – afirmou o Mágico em sua forma de Raposo –, mas nossas transformações são uma espécie de encantamento que é muito fácil de quebrar... quando se sabe como e se tem os instrumentos para fazer isso. Os instrumentos estão na minha bolsa preta; mas onde está a bolsa?

Ninguém sabia dela, pois ninguém tinha visto Kiki Aru voar com ela.

– Vamos procurar para ver se a encontramos – sugeriu Dorothy, a Cordeira.

Então, todos eles deixaram a rocha e passaram a revirar a clareira de alto a baixo, sem encontrar a bolsa dos instrumentos mágicos. O Ganso procurava tão cuidadosamente quanto os outros, pois, se a encontrasse, iria escondê-la onde o Mágico nunca pudesse achá-la, porque, se o Mágico o transformasse de volta à sua própria forma, junto com os outros, ele seria reconhecido como Ruggedo, o Nomo, e eles o enviariam para fora da Terra de Oz, arruinando, assim, todas as suas esperanças de conquista.

Ruggedo na verdade não lamentava, pensando agora no assunto, que Kiki tivesse transformado todas aquelas pessoas de Oz. Os animais da floresta, na verdade, tinham ficado tão temerosos que agora nunca consentiriam em ser transformados em homens, mas Kiki poderia transformá-los contra a vontade deles, e, uma vez que todos adquirissem a forma humana, não seria impossível induzi-los a conquistar os habitantes de Oz.

Então nem tudo estava perdido, pensou o velho nomo, e a melhor coisa que poderia fazer seria reunir-se ao garoto Hyup, que tinha a palavra secreta das transformações. Assim, tendo certeza de que a bolsa preta do Mágico não estava na clareira, o Ganso foi seguindo pelas árvores quando os outros não estavam olhando e, quando percebeu que não podiam ouvir, começou a chamar:

– Kiki Aru! Kiki Aru! Quac... quac! Kiki Aru!

O Garoto e a Mulher, o Raposo, a Cordeira e o Coelho, não sendo capazes de encontrar a bolsa, voltaram à pedra, todos se sentindo incrivelmente estranhos.

– Onde está o Ganso? – perguntou o Mágico.

– Deve ter fugido – replicou Dorothy. – Fico imaginando quem era ele...

– Acho – disse o rei Gugu, que era a Mulher gorda – que o Ganso era o estranho que popôs que entrássemos em guerra com os habitantes de Oz. Se for, a transformação dele foi apenas um truque para nos enganar, e ele agora deve ter ido se reunir com seu camarada, o medroso Le-Mac-Ag que obedeceu a todas as suas ordens.

– O que vamos fazer agora? – perguntou Dorothy. – Devemos voltar à Cidade das Esmeraldas, como queríamos, para visitar Glinda, a Bruxa Boa, e pedir a ela que quebre os encantamentos?

– Acho que sim – replicou o Mágico Raposo. – E podemos levar o rei Gugu conosco, para Glinda restaurar a forma natural dele. Mas lamento ter deixado minha bolsa dos instrumentos mágicos para trás, porque sem eles eu perco muito do meu poder como Mágico. Também, se eu voltar à Cidade das Esmeraldas na forma de Raposo, os habitantes de Oz vão pensar que sou um mágico inferior e perderão o respeito por mim.

– Vamos fazer mais uma busca de seus instrumentos – sugeriu o Leão Covarde –, e então, se não conseguirmos encontrar a bolsa preta em nenhum lugar da floresta, teremos que voltar para casa na forma como estamos.

– Enfim, por que você veio aqui? – perguntou Gugu.

– Queríamos uma dúzia de macacos emprestados para usar no aniversário de Ozma – explicou o Mágico. – Iríamos torná-los bem pequenos, treiná-los a fazer truques e colocá-los dentro do bolo de aniversário de Ozma.

– Bem – falou o Rei da Floresta –, vocês teriam que obter o consentimento de Rango, o Macaco-Cinzento, para fazer isso. Ele é que manda em todas as tribos de macacos.

– Receio que seja tarde demais agora – disse Dorothy tristemente. – Era um plano esplêndido, mas tivemos problemas entre nós, e não gosto de ser uma cordeira de jeito nenhum.

– Você é bonita e felpuda – disse o Leão Covarde.

– Isso não é nada – declarou Dorothy. – Nunca me senti especialmente orgulhosa de mim, mas também nunca quis ter outra forma a não ser a forma como nasci.

A Gata de Vidro, embora tivesse alguns modos e maneiras desagradáveis, ainda assim percebeu que Trot e o Capitão Bill eram seus amigos e, portanto, ficou muito perturbada com o fato de eles terem ficado grudados no chão ao levá-los para a ilha da Flor Mágica. O coração cor de rubi da Gata de Vidro era frio e duro, mas ainda era um coração, e ter um coração de qualquer espécie é ter alguma consideração pelos outros. Mas a estranha criatura transparente não queria que Trot e o Capitão Bill soubessem que estava sensibilizada por eles, portanto andou bem devagar até cruzar o rio e ficar fora de vista, entre as árvores da floresta. Daí ela foi diretamente para a Cidade das Esmeraldas e correu tão depressa que era como se fosse um rastro de cristal cruzando vales e planícies. Sendo de vidro, a gata não ficava cansada, e, sem nenhuma razão para atrasar a viagem, alcançou o palácio de Ozma com uma rapidez assombrosa.

– Onde está o Mágico? – perguntou ela à Gata Cor-de-Rosa, que estava esticada ao sol, no degrau mais baixo da entrada do palácio.

– Não me aborreça – respondeu preguiçosamente a Gata Cor-de-Rosa, que se chamava Eureka.

– Preciso encontrar o Mágico imediatamente! – disse a Gata de Vidro.

– Então encontre – aconselhou Eureka, e voltou a dormir.

A Gata de Vidro disparou escada acima e foi até Totó, o cãozinho preto de Dorothy.

– Onde está o Mágico? – perguntou a gata.

– Saiu em viagem com Dorothy – replicou Totó.

– Quando eles partiram e quando devem voltar? – perguntou a gata.

– Partiram ontem, e ouvi dizer que iriam para a Grande Floresta do País dos Munchkins.

– Pobre de mim – disse a Gata de Vidro –, é uma longa viagem.

– Mas eles foram montados no Tigre Faminto e no Leão Covarde – explicou Totó –, e o Mágico levou sua bolsa preta de instrumentos mágicos.

A Gata de Vidro conhecia bem a Grande Floresta Gugu, porque tinha passeado muitas vezes por essa floresta em suas andanças pela Terra de Oz. E sabia que a Floresta Gugu ficava mais perto da ilha da Flor Mágica do que da Cidade das Esmeraldas; então, se conseguisse encontrar o Mágico, poderia levá-lo através do País dos Gillikins até onde Trot e o Capitão Bill estavam presos. Era uma região selvagem e pouco percorrida, mas a Gata de Vidro conhecia todas as trilhas. Assim, pouco tempo seria gasto, afinal.

Sem parar para perguntar mais nada, a gata saiu em disparada do palácio e foi para a Cidade das Esmeraldas, pegando o caminho mais direto para a Floresta Gugu. Mais uma vez a criatura disparou pela região como um raio de luz, e qualquer um ficaria surpreso em saber com que rapidez ela alcançou a borda da Grande Floresta.

Não havia nenhum macaco de guarda entre as árvores para gritar um alerta, e isso era tão incomum que surpreendeu a Gata de Vidro. Adentrando um pouco mais a floresta, ela se deparou com um lobo, que de início pulou dali aterrorizado. Mas então, vendo que era apenas a Gata de Vidro, o Lobo parou, e a gata pôde ver que ele tremia, de um pavor terrível.

– O que aconteceu? – perguntou a gata.

– Um feiticeiro terrível está entre nós! – exclamou o Lobo. – E está mudando a forma de todos os animais, em um piscar de olhos, tornando-os todos seus escravos.

A Gata de Vidro sorriu e disse:

– Ora, é apenas o Mágico de Oz. Ele deve estar se divertindo com vocês, povos da floresta, mas o Mágico não iria ferir um animal por nada.

– Eu não quis dizer o Mágico – explicou o Lobo. – E, se o Mágico de Oz é aquele homenzinho engraçado que ia montado no grande Tigre para a clareira, ele mesmo foi transformado pelo terrível feiticeiro.

– O Mágico foi transformado? Ora, isso é impossível – afirmou a Gata de Vidro.

– Não; não é, não. Eu o vi com meus próprios olhos, transformado na forma de um Raposo, e a garota que estava com ele foi transformada em uma lanuda Cordeira.

A Gata de Vidro ficou realmente surpresa.

– Quando isso aconteceu? – perguntou ela.

– Faz um instante, na clareira. Todos os animais foram se encontrar lá, mas correram embora quando o feiticeiro começou suas transformações, e sou grato por ter escapado com minha forma natural. Mas ainda estou com medo e vou me esconder em algum lugar.

Com isso, o Lobo correu, e a Gata de Vidro, que sabia onde ficava a Grande Clareira, foi até lá. Mas agora andava mais devagar, e seu cérebro cor-de-rosa virava e revirava em grande velocidade, porque ela pensava nas incríveis novidades que lhe contara o Lobo.

Quando a Gata de Vidro alcançou a clareira, viu o Raposo, a Cordeira, o Coelho, um garoto Munchkin e uma gorda mulher gillikin, todos andando à toa, sem rumo, pois estavam de novo procurando a bolsa preta de instrumentos mágicos.

A Gata observou-os por um momento e então andou bem devagar até o espaço aberto. De repente, a Cordeira correu em sua direção, exclamando:

– Olhe, Mágico, aí está a Gata de Vidro!

– Onde, Dorothy? – perguntou o Raposo.

– Aqui!

O Garoto, a Mulher e o Coelho então se reuniram ao Raposo e à Cordeira, e todos eles se colocaram diante da Gata de Vidro e falaram juntos, quase como um coro, perguntando:

– Você viu a bolsa preta?

– Sumiu – disse o Raposo –, e precisamos encontrá-la.

– Você é o Mágico? – perguntou a Gata.

– Sim.

– E quem são esses outros?

– Sou Dorothy – disse a Cordeira.

– Sou o Leão Covarde – disse o garoto Munchkin.

– Sou o Tigre Faminto – disse o Coelho.

– Sou Gugu, o Rei da Floresta – disse a Mulher gorda.

A Gata de Vidro sentou-se sobre as ancas e começou a rir.

– Puxa, que coisa engraçada! – exclamou a criatura. – Quem fez essa brincadeira com vocês?

– Não é brincadeira nenhuma – declarou o Mágico. – Foi uma transformação maldosa, cruel, e o feiticeiro que fez isso tem cabeça de leão, corpo de macaco, asas de águia e uma bola na ponta da cauda.

A Gata de Vidro riu novamente.

– O feiticeiro deve parecer mais engraçado do que vocês – disse ela. – Onde ele está agora?

– Em algum lugar da floresta – disse o Leão Covarde. – Ele simplesmente pulou para os altos galhos de um bordo por ali, pois consegue subir em árvores como um macaco e voar como uma águia, e então desapareceu na floresta.

– E existe outro feiticeiro, assim como ele, que era amigo dele – acrescentou Dorothy –, mas eles provavelmente discutiram, porque o mais perverso deles transformou o amigo em um Ganso.

– Quem é que se tornou o Ganso? – perguntou a Gata, olhando em volta.

– Ele deve ter ido embora para encontrar o amigo – respondeu Gugu, o rei. – Mas um Ganso não consegue caminhar muito depressa, de modo que facilmente o encontraremos se quisermos.

– A pior coisa de todas – disse o Mágico – é que minha bolsa preta sumiu. Desapareceu quando fui transformado. Se eu pudesse encontrá-la, poderia com facilidade quebrar esses encantamentos por meio de magia, e poderíamos reassumir nossa forma novamente. Você pode nos ajudar a procurar a bolsa preta, amiga Gata?

– Claro – replicou a Gata de Vidro. – Mas suponho que o estranho feiticeiro a tenha levado com ele. Se é feiticeiro, sabe que você precisa da bolsa, e talvez tenha receio de sua magia. Então provavelmente levou a bolsa, e você não vai mais vê-la a não ser que encontre o feiticeiro.

– Isso me soa razoável – afirmou a Cordeira, que era Dorothy. – Esse seu cérebro cor-de-rosa parece estar funcionando muito bem hoje.

– Se a Gata de Vidro estiver certa – disse o Mágico em voz solene –, temos mais problemas a enfrentar. O feiticeiro é perigoso e, se formos para perto dele, poderá nos transformar em formas não tão bonitas como estas.

– Não vejo como ele poderia ser ainda **pior** – rosnou Gugu, que estava indignado porque tinha sido forçado a aparecer na forma de uma mulher gorda.

– De qualquer modo – disse o Leão Covarde –, nosso melhor plano é encontrar o feiticeiro e tentar retomar a bolsa preta dele. Podemos dar um jeito de roubá-la, ou talvez possamos convencê-lo a devolvê-la para nós.

– Por que não tentamos encontrar o Ganso primeiro? – perguntou Dorothy. – O Ganso deve estar com raiva do feiticeiro, e pode ser que nos ajude.

– Não é má ideia – respondeu o Mágico. – Então, amigos, vamos tentar achar esse Ganso. Devemos nos separar e procurar em diferentes direções, e o primeiro que encontrar o Ganso deve trazê-lo aqui, onde nos encontraremos de novo dentro de uma hora.

O MÁGICO APRENDE A PALAVRA MÁGICA

No momento, o Ganso era a transformação do velho Ruggedo, que era ao mesmo tempo rei dos nomos, e ele estava ainda com mais raiva de Kiki Aru do que os outros que também tinham sido transformados. O nomo detestava tudo o que lembrasse um pássaro, porque os pássaros põem ovos, e os ovos são temidos por todos os nomos mais do que tudo no mundo. Um ganso é uma ave tola, também, e Ruggedo estava terrivelmente envergonhado da forma que fora forçado a assumir. E lhe daria calafrios só de pensar que o Ganso poderia pôr um ovo!

Entao, o nomo estava com medo de si mesmo e com medo de tudo à sua volta. Se um ovo o tocasse, ele poderia ser destruído, e qualquer animal que ele encontrasse na floresta poderia facilmente derrotá-lo. E isso seria o fim do velho Ruggedo, o Nomo.

Além desses receios, contudo, ele estava com muita raiva de Kiki, a quem quisera enganar roubando astutamente dele a palavra mágica. O garoto devia estar ficando louco para estragar tudo do jeito que fizera, mas Ruggedo sabia que a chegada do Mágico havia amedrontado Kiki, e não tinha pena pela transformação do Mágico e de Dorothy, deixando-os inofensivos. Era a sua própria transformação que o aborrecia e o deixava indignado, de modo que percorreu a floresta à caça de Kiki, para poder conseguir uma forma melhor e convencer o garoto a seguir seus planos de conquistar a Terra de Oz.

Kiki Aru não tinha ido muito longe, pois havia ficado surpreso, assim como os outros, com as rápidas transformações, e não tinha ideia do que fazer em seguida. Ruggedo, o nomo, era autoritário e trapaceiro, e Kiki sabia que não dependia dele. Mas o nomo conseguia planejar e tramar, o que o garoto Hyup não era tão sabido para fazer. Assim, quando olhou para baixo, pelos galhos de uma árvore, e viu um Ganso andando por ali e o ouviu gritar "Kiki Aru! Quac... quac! Kiki Aru!", o garoto respondeu em voz baixa "Estou aqui" e desceu até os galhos mais baixos da árvore.

O Ganso olhou para cima e viu o garoto.

– Você estragou as coisas de uma maneira terrível! – exclamou o Ganso. – Por que fez isso?

– Porque eu quis – respondeu Kiki. – Você agia como se eu fosse seu escravo, e eu queria mostrar aos habitantes dessa floresta que sou mais poderoso do que você.

O Ganso chiou baixinho, mas Kiki não escutou.

O velho Ruggedo rapidamente recuperou sua astúcia e murmurou para si mesmo: "Este garoto é um pateta, ele é que é um verdadeiro ganso, embora seja eu que esteja com a forma do ganso. Serei amável com ele agora e feroz com ele quando estiver em meu poder". Então, disse alto para Kiki:

– Bem, de agora em diante, ficarei contente em reconhecer que você é o mestre. Você bagunçou as coisas, como eu disse, mas ainda poderemos conquistar Oz.

– Como? – perguntou o garoto.

– Primeiro me devolva a forma de Le-Mac-Ag, e então poderemos conversar mais convenientemente – sugeriu o nomo.

– Espere um pouco, então – disse Kiki, e subiu mais alto na árvore. Lá no alto sussurrou a palavra mágica, e o Ganso tornou-se um Le--Mac-Ag, como tinha sido antes.

– Bom! – disse o nomo, satisfeito, enquanto Kiki se reunia a ele descendo da árvore. – Agora vamos encontrar um lugar sossegado onde poderemos conversar sem ser ouvidos pelos animais.

Então, os dois partiram e cruzaram a floresta até chegarem a um lugar onde as árvores não eram tão altas nem cresciam tão juntas, e entre essas árvores mais dispersas havia outra clareira, não tão grande quanto a primeira, onde ocorrera o encontro dos animais. Colocando--se na borda dessa clareira e olhando através dela, viram as árvores do outro lado cheia de macacos, que estavam conversando uns com os outros e alto sobre as visões que tinham testemunhado no encontro.

O velho nomo sussurrou para Kiki não entrar na clareira nem deixar que os macacos o vissem.

– Por que não? – perguntou o garoto, recuando.

– Porque esses macacos vão ser nosso exército... o exército que vai conquistar Oz – disse o nomo. – Sente-se aqui comigo, Kiki, fique tranquilo, que vou explicar-lhe meu plano.

Nesse momento, nem Kiki Aru nem Ruggedo tinham percebido que um dissimulado Raposo os tinha seguido por todo o caminho desde a árvore onde o Ganso tinha sido transformado em Le-Mac--Ag. Na verdade, esse Raposo, que não era outro senão o Mágico de Oz, tinha testemunhado a transformação do Ganso e agora resolvera vigiar os conspiradores e ver o que eles fariam em seguida.

Um Raposo consegue se movimentar bem de leve pela floresta, sem fazer nenhum barulho, e assim os inimigos do Mágico não suspeitavam de sua presença. Mas, quando sentaram-se na borda da clareira para conversar, de costas para ele, o Mágico não sabia se arriscava-se a ser visto, esgueirando-se mais perto para ouvir o que diziam, ou se seria melhor esconder-se até que se movessem de novo.

Enquanto ele considerava essa questão, descobriu ali perto uma grande árvore que tinha um tronco oco, e havia um buraco redondo nela, a cerca de um metro do chão. O Mágico Raposo percebeu que era mais seguro esconder-se no buraco dessa árvore, então pulou para dentro dele e agachou-se no oco, de modo que seus olhos ficavam bem na borda do buraco pelo qual tinha entrado, e dali ele podia observar as figuras dos dois Le-Mac-Ags.

– Este é o meu plano – disse o nomo para Kiki, falando tão alto que o Mágico podia ouvir o som de sua voz. – Uma vez que você pode transformar qualquer coisa na forma que desejar, podemos transformar esses macacos em um exército, e com esse exército conquistaremos o povo de Oz.

– Os macacos não dispõem de elementos suficientes para formar um exército – objetou Kiki.

– Precisamos de um grande exército, mas que não precisa ser numeroso – respondeu o nomo. – Transformaremos cada macaco em um homem gigante, vestido com um belo uniforme e armado com uma espada afiada. Existem uns cinquenta macacos por aí, e cinquenta gigantes formarão um exército do tamanho de que precisamos.

– O que eles vão fazer com as espadas? – perguntou Kiki. – Não há nada que possa matar os habitantes de Oz.

– É verdade – disse Ruggedo. – Os habitantes de Oz não podem ser mortos, mas podem ser cortados em pedaços, e, ainda que todos os pedaços estejam vivos, podemos espalhá-los de tal modo que não tenham capacidade de unir-se outra vez. Portanto, os habitantes de Oz ficarão com medo das espadas de nosso exército, e assim poderemos conquistá-los com facilidade.

– Isso parece ser uma boa ideia – replicou o garoto, em aprovação. – E, nesse caso, não temos que nos preocupar com os outros animais da floresta.

– Não, precisamos pegar um de cada vez – disse Kiki. – Mas as cinquenta transformações podem ser feitas em uma hora, mais ou menos. Fique aqui, Ruggedo, que eu vou transformar o primeiro macaco, aquele da esquerda no final do galho, em um gigante com uma espada.

– Aonde você está indo? – perguntou o nomo.

– Não posso falar a palavra mágica na presença de outra pessoa – afirmou Kiki, que estava determinado a não permitir que o traiçoeiro companheiro aprendesse seu segredo –, por isso vou aonde você não possa me ouvir.

Ruggedo, o Nomo, ficou desapontado, mas ainda esperava pegar o garoto desprevenido e, sem que ele percebesse, conseguir obter a palavra mágica. Então simplesmente balançou a cabeça de leão, e Kiki levantou-se e recuou a uma pequena distância para dentro da floresta. Ali, viu uma árvore com um buraco que, por acaso, era a mesma árvore com buraco em que o Mágico de Oz, agora na forma de um Raposo, tinha se escondido.

Enquanto Kiki correu para a árvore, o Raposo escondeu a cabeça no oco escuro do buraco, de forma a ficar fora de vista, e então Kiki colocou o rosto no buraco e sussurrou:

– Quero que o macaco que está naquele galho à esquerda se torne um homem gigante de dezessete metros de altura, vestido com um uniforme e com uma espada afiada... Pyrzqxgl!

Então o garoto correu até Ruggedo, mas o Mágico Raposo tinha ouvido perfeitamente cada palavra que ele dissera.

O macaco transformou-se instantaneamente em um gigante, e o gigante era tão grande que, sentado no chão, sua cabeça era mais alta do que as árvores da floresta. Os macacos logo começaram a tagarelar, mas não pareciam entender que o gigante era um deles.

– Bom! – exclamou o nomo. – Depressa, Kiki, transforme os outros.

Então Kiki correu de volta à árvore e, colocando o rosto no buraco, sussurrou:

– Quero que o próximo macaco seja transformado como o primeiro... Pyrzqxgl!

De novo o Mágico Raposo ouviu a palavra mágica e a maneira como era pronunciada. Mas continuou no buraco, esperando ouvi-la ainda mais uma vez, de modo que ficasse gravada em sua mente e ele não a esquecesse.

Kiki continuou correndo até a borda da floresta e de volta ao buraco na árvore, até sussurrar a palavra mágica por seis vezes, e seis macacos terem sido transformados em seis gigantes. Então o Mágico resolveu fazer uma experiência e usar a palavra mágica ele mesmo. Assim, enquanto Kiki corria de volta até o nomo, o Raposo tirou a cabeça para fora do buraco e disse suavemente:

– Quero que essa criatura que está correndo se torne uma noz-pecã... Pyrzqxgl!

No mesmo instante, a forma Le-Mac-Ag de Kiki Aru, o Hyup, desapareceu, e uma pequena noz-pecã rolou pelo chão por um momento, até parar.

O Mágico ficou deliciado e pulou para fora do buraco bem na hora em que Ruggedo olhava em volta para ver o que tinha acontecido com Kiki. O nomo viu o Raposo, mas não Kiki, por isso rapidamente ficou de pé. O Mágico não sabia o quanto o estranho animal era poderoso, de modo que resolveu não correr riscos.

– Quero que esta criatura se torne uma noz... Pyrzqxgl! – disse ele alto.

Mas não pronunciou a palavra mágica da maneira certa, e a forma de Ruggedo não se modificou. Porém, o nomo ficou sabendo de repente que "Pyrzqxgl!" era a palavra mágica, então correu até o Raposo e gritou:

– Quero que você se torne um Ganso... Pyrzqxgl!

Mas também o nomo não a pronunciou da maneira certa, por nunca ter ouvido essa palavra falada senão uma única vez, e ainda com a acentuação errada. Então o Raposo não foi transformado, mas teve que correr para escapar de ser capturado pelo raivoso nomo.

Nesse momento, Ruggedo começou a pronunciar a palavra mágica de toda maneira que podia imaginar, esperando chegar à maneira certa, e o Raposo, escondido em uma moita, estava de certo modo perturbado pelo medo de que o outro pudesse ter sucesso. Contudo, o Mágico, que usava as artes mágicas, permaneceu calmo e logo lembrou-se exatamente de como Kiki Aru tinha pronunciado a palavra. Assim, repetiu a sentença que tinha pronunciado antes, e Ruggedo, o Nomo, tornou-se uma simples noz.

O Mágico então saiu de fininho da moita e disse:

– Quero minha própria forma de novo... Pyrzqxgl!

No mesmo instante, ele era o Mágico de Oz, e, após pegar as duas nozes e colocá-las cuidadosamente em seu bolso, correu de volta para a Grande Clareira.

Dorothy, a Cordeira, soltou um balido de prazer quando viu seu velho amigo restaurado em sua forma natural. Os outros estavam todos lá, não tendo encontrado o Ganso. A gorda mulher Gillikin, o garoto Munchkin, o Coelho e a Gata de Vidro correram para junto do Mágico e perguntaram o que tinha acontecido.

Antes de explicar qualquer coisa de sua aventura, ele os transformou a todos – exceto, é claro, a Gata de Vidro – na forma natural que tinham antes, e, assim que se acalmaram de tanta alegria, contou-lhes como havia por acaso descoberto o segredo do feiticeiro e se tornado capaz de transformar os dois Le-Mac-Ags em formas que não pudessem falar, podendo assim salvá-los. E o pequeno Mágico mostrou a seus admirados amigos a noz-pecã e a noz comum para provar que tinha dito a verdade.

– Mas... veja bem! – exclamou Dorothy. – O que é que se tornaram aqueles soldados gigantes que antes eram macacos?

– Eu me esqueci completamente deles! – admitiu o Mágico –, mas suponho que ainda estejam lá na floresta.

O PATO SOLITÁRIO

Trot e o Capitão Bill permaneciam diante da Flor Mágica, realmente enraizados no lugar.

– Você está com fome, capitão? – perguntou a garotinha, com um longo suspiro, porque estivera ali de pé por horas e horas.

– Bem – replicou o marinheiro –, não digo que não poderia *comer*, Trot, se tivesse um jantar à mão, mas penso que as pessoas mais velhas não ficam com tanta fome quanto as pessoas mais novas.

– Não tenho tanta certeza disso, Capitão Bill – disse ela, pensativa. – A idade *pode* fazer diferença, mas me parece que o *tamanho* deve fazer mais diferença ainda. Uma vez que você é duas vezes maior do que eu, deve ter duas vezes mais fome.

– Acho que sim – disse ele –, pois não aguento mais. Espero que a Gata de Vidro seja rápida e que o Mágico não perca tempo e venha logo até nós.

Trot suspirou de novo e ficou observando a maravilhosa Flor Mágica, porque não havia mais nada para fazer. Nesse exato momento, adoráveis peônias cor-de-rosa brotaram e desabrocharam, mas logo desapareceram, e uma porção de lírios azul-escuros tomaram o lugar delas. Então alguns crisântemos amarelos desabrocharam na planta, e, quando todas as suas pétalas se abriram e alcançaram a perfeição, deram lugar a um maço de flores brancas redondas com pintas vermelhas – flores que Trot nunca tinha visto.

– Mas já estou ficando cansada demais de tanto observar flores, flores e mais flores.

– Elas são muito bonitas – observou o Capitão Bill.

– Eu sei; se alguém pudesse vir e olhar a Flor Mágica como ela está, seria uma coisa incrível, mas **ter** que ficar aqui observando, queira ou não queira, não é muito divertido. Eu gostaria, Capitão Bill, que essa coisa pudesse dar frutos por uns instantes em vez de flores.

Assim que ela falou, as flores redondas brancas com pintas vermelhas desapareceram, e uma porção de pêssegos maduros tomaram o lugar delas. Com um grito misto de surpresa e prazer, Trot alcançou e pegou um pêssego do monte de frutas e começou a comer, achando-o delicioso. O Capitão Bill ficou de algum modo atordoado com o fato de o desejo da garota ser atendido, e, antes que pudesse pegar um pêssego, eles já tinham se transformado em bananas.

– Pegue uma, capitão! – exclamou Trot, e, ainda comendo o pêssego, ela agarrou uma banana com a outra mão e arrancou-a do cacho.

O velho marinheiro ainda estava atordoado. Estendeu a mão também, mas já era tarde, porque agora as bananas tinham desaparecido, e limões tomavam o seu lugar.

– Puxa! – exclamou Trot. – Você não consegue comer essas coisas; mas olhe mais um pouco, capitão.

Logo apareceram cocos, mas o Capitão Bill balançou a cabeça.

– Não consigo quebrá-los – lembrou-se ele –, porque não temos nada à mão para esmagá-los.

– Bem, pegue um, de qualquer modo – aconselhou Trot.

Mas os cocos já tinham ido, e uma fruta em forma de pera, de cor roxa, desconhecida deles, surgiu no lugar. De novo o Capitão Bill hesitou, e Trot lhe disse:

– Você devia ter pegado um pêssego e uma banana, como eu fiz. Se não ficar esperto, capitão, vai perder todas as oportunidades. Olhe aqui, vou dividir minha banana com você.

Nem bem ela tinha falado, a Planta Mágica estava coberta de grandes maçãs vermelhas, em todos os galhos, e o Capitão Bill não hesitou mais. Estendeu ambas as mãos e pegou duas maçãs, enquanto Trot só teve tempo de pegar uma antes que elas sumissem.

– É curioso – afirmou o marinheiro, mastigando sua maçã – como essas frutas continuam boas quando a gente as pega, mas desaparecem no ar se forem deixadas nos galhos.

– Essa coisa toda é curiosa – afirmou a garota – e não poderia existir em nenhum país a não ser aqui, onde a magia é tão comum. Essas são limas. Não as pegue, porque são amargas e... Uh! Aí vêm ameixas – enfiou sua maçã no bolso e pegou três ameixas –, cada uma quase tão grande quanto um ovo – antes de desaparecerem.

O Capitão Bill pegou algumas também, mas ambos estavam com muita fome para jejuar mais ainda, de modo que começaram a comer suas maçãs e ameixas e deixaram a Planta Mágica produzir toda espécie de frutas, uma depois da outra. O capitão parou uma vez para pegar um belo melão, que segurou com o braço, e Trot, após terminar de comer as ameixas, pegou um punhado de cerejas e uma laranja; mas, quando quase todas as espécies de frutas já tinham aparecido na planta, a colheita terminou, e apenas flores, como antes, floresceram depois.

– Fico imaginando por que ela voltou a dar flores – refletiu Trot, que não estava mais preocupada, pois já tinha comido frutas suficientes para saciar a fome.

– Bem, você desejou apenas que ela produzisse frutas "por um tempo" – disse o marinheiro –, e ela fez isso. Talvez, se você tivesse dito "para sempre", Trot, ela estaria dando frutas sempre.

– Mas por que o **meu** desejo foi atendido? – perguntou a garota. – Não sou fada nem mágico, nenhum tipo de fazedor de mágicas.

– Acho – replicou o Capitão Bill – que esta pequena ilha é uma ilha mágica, e qualquer pessoa que venha até aqui poderá pedir à planta que produza, e ela produzirá alguma coisa.

– Você acha que eu poderia desejar alguma coisa mais, capitão, e conseguir o que desejo? – perguntou a garota ansiosamente.

– Em que você está pensando, Trot?

– Estou pensando em desejar que essas raízes dos nossos pés desapareçam, deixando-nos livres.

– Tente, Trot.

Assim, ela tentou, mas o desejo não foi realizado.

– Tente você, capitão – sugeriu ela.

Então o Capitão Bill disse seu desejo de ficar livre, sem nenhum resultado também.

– Não – disse ele –, isso não serve; os desejos só têm a ver com a Planta Mágica; mas fico feliz que tenha produzido frutas, pois agora sabemos que não morreremos de fome até que o Mágico nos livre.

– Mas estou ficando cansada de ficar aqui de pé por tanto tempo – queixou-se a garota. – Se ao menos eu pudesse levantar um pé e descansá-lo um pouco, já me sentiria melhor.

– O mesmo acontece comigo, Trot. Percebi que, se você tem que fazer uma coisa e não consegue, logo isso torna-se uma grande dificuldade.

– As pessoas que podem levantar os pés não dão valor à bênção que isso é – disse Trot, pensativa. – Eu nunca soube antes como é divertido poder levantar um pé, e depois o outro, toda vez que tiver vontade.

– Existem muitas coisas que as pessoas não valorizam – replicou o marinheiro. – Se alguma coisa chega a dificultar sua respiração, você logo pensa que a respiração livre é a melhor coisa da vida. Quando uma pessoa está bem, não percebe que felicidade isso é, mas, quando fica doente, lembra-se do tempo em que estava bem e deseja que o tempo volte atrás. Muitas pessoas se esquecem de agradecer a Deus por lhes ter dado duas pernas, até que perdem uma delas, como eu, e então é tarde demais, a não ser para agradecer a Deus por ter deixado uma.

– Sua perna de madeira não é tão ruim assim, capitão – afirmou, olhando para ela criticamente. – De qualquer modo, não cria raízes em uma Ilha Mágica, como a nossa perna de carne criou.

– Não me queixo – disse o Capitão Bill. – O que é isso que vem nadando na nossa direção, Trot? – observou ele, olhando por cima da Flor Mágica e através da água.

A garota olhou também e então respondeu:

– É um pássaro de alguma espécie. É como um pato, só que nunca vi um pato com tantas cores.

O pássaro nadava suave e graciosamente em direção à Ilha Mágica, e, conforme se aproximava, sua gloriosa plumagem colorida os deixava assombrados. As penas eram de muitos tons brilhantes de verde, azul e roxa, e ele tinha uma cabeça amarela com uma pluma vermelha, sua cauda era rosa, branca e violeta. Quando ele alcançou a ilha, veio até a praia e aproximou-se deles, nadando lentamente e virando a cabeça, primeiro para um lado e depois para o outro, de modo a ver melhor a garota e o marinheiro.

– Vocês são estranhos – disse o pássaro, chegando mais perto deles –, e foram pegos pela Ilha Mágica e feitos prisioneiros.

– Sim – replicou Trot, com um suspiro. – Estamos enraizados aqui. Mas espero não começar a crescer.

– Vocês vão começar a diminuir de tamanho, isso sim – disse o pássaro. – Vão continuar a diminuir a cada dia, até que, adeus, não haverá nada de vocês. Esse é o jeito daqui, desta Ilha Mágica.

– Como você sabe disso, e quem é você, por falar nisso? – perguntou o Capitão Bill.

– Sou o Pato Solitário – replicou a ave. – Imagino que tenham ouvido falar de mim, não?

– Não – disse Trot –, não posso dizer que tenha ouvido. O que o faz ser sozinho?

– Ora, não tenho família nem tenho relações – replicou o Pato.

– Você não tem amigos?

– Nem um amigo. E não tenho nada para fazer. Já vivi muito tempo, e tenho que viver para sempre, porque pertenço à Terra de Oz, onde nenhuma coisa viva morre. Pense em existir ano após anos, sem amigos, sem família, e sem nada para fazer! Pode imaginar como sou sozinho?

– Por que você não faz alguns amigos e encontra alguma coisa para fazer? – inquiriu o Capitão Bill.

– Não consigo fazer amigos, porque todos os seres que encontro, pássaro, animal ou pessoa, são desagradáveis para mim. Em poucos minutos me tornarei incapaz de suportar a companhia de vocês por mais tempo, e então irei embora e deixarei vocês – disse o Pato Solitário. – E, em relação a não fazer nada, não há utilidade nisso. Todos os que encontro estão fazendo alguma coisa, então entendi que isso é comum e desinteressante; prefiro permanecer sozinho.

– Você não tem que caçar para alimentar-se? – perguntou Trot.

– Não. No meu Palácio de Diamantes, um pouco depois do rio, a comida é magicamente fornecida para mim; mas poucas vezes como, porque é muito comum.

– Você deve ser um Pato Mágico – afirmou o Capitão Bill.

– Por que pensa assim?

– Bem, os patos comuns não têm um Palácio de Diamantes nem comida mágica como você.

– Verdade; e essa é outra razão pela qual sou sozinho. Lembre-se de que sou o único pato da Terra de Oz, e não gosto de nenhum outro pato do mundo exterior.

– Está me parecendo que você gosta de ser sozinho – observou o Capitão Bill.

– Não sei dizer se gosto disso, exatamente – replicou o Pato –, mas, uma vez que parece ser meu destino, sinto até orgulho.

– Como você acha que aconteceu de um simples e solitário Pato viver na Terra de Oz? – perguntou Trot, admirada.

– Eu sabia a razão disso, há muitos anos, mas acabei esquecendo – afirmou o Pato. – A razão de alguma coisa nunca é tão importante como a própria coisa, então não existe utilidade em lembrar-se de alguma coisa a não ser do fato de que sou sozinho.

– Acho que você seria mais feliz se tentasse fazer alguma coisa – afirmou Trot. – Se você não pode fazer nada por si mesmo, pode fazer coisas pelos outros, e então terá montes de amigos e vai parar de ser só.

– Agora você está sendo desagradável – disse o Pato Solitário –, e vou ter que ir embora e deixar você.

– Não pode nos ajudar um pouco? – implorou a garota. – Se existe alguma coisa mágica em você, você pode nos tirar deste apuro.

– Não tenho nenhum poder mágico suficiente para tirar vocês da Ilha Mágica – replicou o Pato Solitário. – A magia que eu possuo é muito simples, mas acho que é suficiente para minhas próprias necessidades.

– Se apenas pudéssemos nos sentar um pouco, poderíamos aguentar melhor a situação – disse Trot –, mas não temos coisa alguma onde sentar.

– Então vocês terão que suportar isso – disse o Pato Solitário.

– Talvez você seja mágico o suficiente para nos dar um par de bancos – sugeriu o Capitão Bill.

– Um pato não tem que saber o que são bancos – foi a resposta.

– Mas você é diferente de todos os patos.

– Isso é verdade. – A estranha criatura pareceu refletir por um momento, olhando para eles agudamente com seus olhos pretos e redondos. Então disse: – Às vezes, quando o sol está quente, eu faço crescer um cogumelo chapéu-de-cobra para proteger-me do sol. Talvez vocês possam sentar-se em chapéus-de-cobra.

– Bem, se eles forem fortes o suficiente, poderemos – respondeu o Capitão Bill.

– Então, antes de tudo lhes darei um par de bancos – disse o Pato Solitário, e começou a nadar em pequenos círculos. Percorreu o círculo para a direita três vezes e para a esquerda outras três vezes. Então pulou para trás três vezes e para a frente mais três vezes.

– O que é que você está fazendo? – perguntou Trot.

– Não me interrompa. É um encantamento – replicou o Pato Solitário, mas então começou a fazer uma sucessão de pequenos barulhos que soavam como *quacs* e não pareciam querer dizer nada. E continuou com esses sons por tanto tempo que Trot finalmente exclamou:

– Você não pode apressar-se e terminar logo esse encantamento? Assim vai levar o verão todo para fazer dois chapéus-de-cobra; você não é tão mágico assim.

– Eu disse para não me interromper – retrucou o Pato Solitário, irritado. – Se você continuar *tão* desagradável, vou-me embora antes de terminar esta encantação.

Trot ficou quieta, depois da reprimenda, e o Pato reassumiu o seu murmúrio de *quacs*. O Capitão Bill riu um pouco de si mesmo e afirmou a Trot em um suspiro:

– Para uma ave que não tem nada para fazer, esse Pato Solitário está fazendo considerável rebuliço. E estou certo, afinal, de que os chapéus-de-cobra vão servir como assentos.

Enquanto ainda falava, o marinheiro sentiu algo tocá-lo por trás, e, virando a cabeça, descobriu um grande chapéu-de-cobra bem no lugar certo e do tamanho certo para sentar-se. Havia um atrás de Trot também, e com um grito de prazer a garotinha afundou-se em cima dele e descobriu que era muito confortável… sólido, quase como uma almofada. Mesmo o peso do Capitão Bill não quebrou o seu chapéu-de-cobra, e, logo depois que ele e Trot sentaram-se, descobriram que o Pato Solitário já ia embora nadando e estava agora na beira do rio.

– Muito obrigada por tudo! – gritou Trot.

E o marinheiro também disse:

– Muito obrigado!

Mas o Pato Solitário não prestou nenhuma atenção. Sem nem mesmo olhar de novo na direção deles, a espalhafatosa ave entrou na água e nadou graciosamente para longe.

A GATA DE VIDRO ENCONTRA A BOLSA PRETA

Quando os seis macacos foram transformados por Kiki Aru em seis soldados gigantes, de dezessete metros de altura, a cabeça deles ficou acima do alto das árvores, que nessa parte da floresta não eram tão altas como em outras; e, embora as árvores fossem um tanto espalhadas, o corpo de cada soldado gigante era tão grande que preenchia bem os espaços em que eles estavam, e os galhos os pressionavam por todos os lados.

Kiki na verdade tinha sido tolo por ter feito seus soldados tão grandes, porque agora eles não podiam sair da floresta. Na realidade, eles não conseguiam dar um passo, pois estavam presos no meio das árvores. Ainda que eles estivessem na pequena clareira, não conseguiriam sair dali, mas estavam um pouco além da clareira. Primeiramente, os outros macacos que não tinham sido encantados estavam com medo dos soldados, e depressa deixaram o lugar; mas, logo que descobriram que os grandes homens ainda permaneciam parados, embora resmungando com indignação por sua transformação, o bando de macacos voltou ao lugar e olhou para eles com curiosidade, não percebendo que eram realmente macacos e seus próprios amigos.

Os soldados não podiam vê-los, pois estavam com a cabeça acima das árvores; não podiam nem mesmo levantar os braços nem sacar suas afiadas espadas, tão próximos se encontravam dos galhos cheios de folhas. Então os macacos, achando os gigantes inofensivos, começaram a subir no corpo deles, e logo todo o bando estava pendurado nos ombros dos gigantes e olhando na cara deles.

– Eu sou Ebu, seu pai – exclamou um soldado ao macaco que tinha se pendurado em seu ouvido esquerdo –, mas alguma pessoa cruel me encantou e me transformou.

– Eu sou seu tio Peeker – disse outro soldado a outro macaco.

Então, logo depois, todos os macacos ficaram sabendo da verdade, lamentando a sorte de seus amigos e conhecidos, e se encheram de raiva da pessoa, quem quer que fosse, que os transformara. Havia um grande falatório no alto das árvores, e o barulho atraiu outros macacos, de modo que a clareira e todas as árvores em volta estavam cheias deles.

Rango, o Macaco-Cinzento, que era o chefe de todas as tribos de macacos da floresta, ouviu o alvoroço e veio ver o que estava errado com seu povo. E Rango, sendo o mais sábio e mais experiente, logo percebeu que o estranho feiticeiro que parecia uma mistura de animais era o responsável pelas transformações. Ele notou que os seis soldados gigantes estavam presos devido ao seu tamanho e sabia que não tinha poder para libertá-los. Assim, embora tivesse receio de encontrar o terrível feiticeiro, correu até a Grande Clareira para contar ao rei Gugu o que tinha acontecido e tentar encontrar o Mágico de Oz e trazê-lo para salvar seus seis súditos encantados.

Rango chegou disparado à Grande Clareira logo depois que o Mágico tinha restaurado todos os encantados em volta dele à forma original, e o Macaco-Cinzento ficou feliz de ouvir que o maldoso animal feiticeiro tinha sido vencido.

– Mas agora, Poderoso Mágico, você deve vir comigo aonde seis dos meus súditos foram transformados em seis homens gigantes – disse ele –, pois, se eles forem deixados assim, a felicidade e o futuro deles estarão arruinados.

O Mágico não respondeu na hora, pois estava pensando que essa era uma boa oportunidade de conseguir o consentimento de Rango para levar alguns macacos à Cidade das Esmeraldas para fazerem parte do bolo de aniversário de Ozma.

– É uma grande coisa o que você me pede, Rango, Macaco--Cinzento – disse ele –, pois, quanto maiores forem os gigantes, mais poderoso deve ser o seu encantamento, e mais difícil será restaurá-los à forma natural deles. No entanto, vou pensar nisso.

Então o Mágico foi até outra parte da clareira, sentou-se em um tronco e pareceu estar em profunda reflexão.

A Gata de Vidro tinha ficado muito interessada na história do Macaco-Cinzento e estava curiosa para ver qual era a aparência dos soldados gigantes. Tendo ouvido que a cabeça deles ultrapassava a altura das árvores, a Gata de Vidro percebeu que, se escalasse o grande abacateiro que ficava ao lado da clareira, seria capaz de ver a cabeça dos gigantes. Então, sem mencionar sua missão, a criatura de cristal foi até a árvore e, fixando suas unhas de vidro afiadas na casca da árvore, facilmente a escalou até o alto. Aí, olhando por cima da floresta, viu a cabeça de cada um dos seis gigantes, embora agora eles estivessem longe. Foi realmente uma visão notável, pois as enormes cabeças tinham sobre elas imensos quepes de soldado, com plumas vermelhas e amarelas, e olhavam de maneira terrível e feroz, embora o coração desses gigantes estivesse no momento tomado pelo medo.

Tendo satisfeito sua curiosidade, a Gata de Vidro começou a descer da árvore mais devagar. De repente, ela percebeu a bolsa preta do Mágico pendurada em um galho da árvore. Prendeu a bolsa com seus dentes de vidro e, embora ela fosse pesada para um animal tão pequeno, deu um jeito de soltá-la dali e de levá-la em segurança até o chão. Então, olhou em volta procurando o Mágico e, vendo-o sentado sobre um toco, escondeu a bolsa preta entre algumas folhas e depois dirigiu-se até o lugar onde o Mágico estava.

– Esqueci de lhe dizer – disse a Gata de Vidro – que Trot e o Capitão Bill estão em apuros; vim aqui procurá-lo e pegá-lo para que vá resgatar os dois.

– Boa notícia, Gata! Por que não me disse isso antes? – exclamou o Mágico.

– Pela simples razão de que encontrei tanta emoção aqui que me esqueci de Trot e do Capitão Bill.

– O que há de errado com eles? – perguntou o Mágico.

Então a Gata de Vidro explicou que eles tinham ido pegar a Flor Mágica para dar de presente no aniversário de Ozma e tinham sido enganados pela magia daquela ilha estranha. O Mágico ficou realmente alarmado, mas balançou a cabeça e disse tristemente:

– Receio não poder salvar meus queridos amigos, porque perdi minha bolsa preta.

– Eu encontrei a bolsa; vai até lá? – perguntou a criatura.

– Claro – replicou o Mágico. – Mas não imagino como uma Gata de Vidro que não se preocupa com nada a não ser com seu cérebro cor-de-rosa tenha tido sucesso quando todo mundo falhou.

– Não acha admirável meu cérebro cor-de-rosa? – perguntou a Gata.

– É muito bonito – admitiu o Mágico –, mas não é um cérebro normal, você sabe, e por isso não esperávamos muita coisa dele.

– Mas, se eu encontrei sua bolsa preta e a encontrei em cinco minutos, admite que meu cérebro rosa é melhor do que o cérebro comum de vocês, seres humanos?

– Bem, admito que ele é melhor *caçador* – disse o Mágico, relutante –, mas você não admite isso. Nós procuramos por todo lugar, e a bolsa preta não era fácil de ser encontrada.

– Isso mostra o quanto você sabe! – retorquiu a Gata de Vidro, debochada. – Observe o meu cérebro por um minuto e vai ver como ele gira.

O Mágico observou, porque estava ansioso para recuperar sua bolsa preta, e o cérebro cor-de-rosa realmente girava de uma maneira notável.

– Agora, venha comigo – ordenou a Gata de Vidro, e levou o Mágico diretamente ao lugar onde ela tinha coberto a bolsa com folhas. – De acordo com o meu cérebro – disse a criatura –, sua bolsa preta deve estar aqui.

Então ela espalhou as folhas e recuperou a bolsa, que o Mágico prontamente agarrou com uma exclamação de prazer. Agora que tinha recobrado seus instrumentos mágicos, sentiu-se confiante de que poderia resgatar Trot e o Capitão Bill.

Rango, o Macaco-Cinzento, estava ficando impaciente, então aproximou-se do Mágico e disse:

– Bem, o que você pretende fazer em relação a esses pobres macacos encantados?

– Vou fazer uma barganha com você, Rango – replicou o homenzinho. – Se você me deixar levar uma dúzia de seus macacos para a Cidade das Esmeraldas e ficar com eles lá até terminar o aniversário de Ozma, eu quebrarei o encantamento dos seis soldados gigantes e lhes devolverei a forma natural.

Mas o Macaco-Cinzento balançou a cabeça.

– Não posso deixar – declarou ele. – Os macacos ficariam muito sozinhos e infelizes na Cidade das Esmeraldas, e o seu povo zombaria deles e lhes atiraria pedras, o que os instigaria a brigar e morder.

– As pessoas não irão vê-los até o jantar de aniversário de Ozma – prometeu o Mágico. – Vou fazer com que eles fiquem bem pequenos, no máximo com dez centímetros de altura, e colocá-los em uma bela gaiola no meu próprio quarto, onde eles ficarão bem seguros. Vou alimentá-los com a mais deliciosa espécie de comida, treiná-los a mostrar suas habilidades e ensinar-lhes certos truques espertos, e no aniversário de Ozma esconderei os doze pequenos macacos dentro de um bolo. Quando Ozma for cortar o bolo, os macacos pularão na mesa e exibirão seus truques. No dia seguinte, vou levá-los de volta à floresta e deixá-los novamente do tamanho normal, e assim eles terão muitas histórias interessantes para contar a seus amigos. O que me diz, Rango?

– Digo não! – respondeu o Macaco-Cinzento. – Não vou deixar meus macacos encantados exibindo truques para o povo de Oz.

– Muito bem – recomeçou o Mágico calmamente –; então vou embora. Venha, Dorothy – disse, chamando a garotinha –, vamos começar nossa viagem.

– Você não vai salvar esses seis macacos que se tornaram soldados gigantes? – perguntou Rango, ansiosamente.

– Por que eu deveria? – retornou o Mágico. – Se você não me fizer um favor, não pode esperar que eu lhe faça outro.

– Espere um minuto – disse o Macaco-Cinzento. – Mudei de ideia. Se você tratar bem meus doze macacos e os trouxer a salvo de volta à floresta, deixo levá-los.

Assim, todo o grupo deixou a clareira e encaminhou-se ao local onde os gigantes estavam, entre as árvores. Centenas de macacos, símios, babuínos e orangotangos tinham se reunido ali, e o seu falatório selvagem podia ser ouvido a mais de um quilômetro de distância. Mas o Macaco-Cinzento logo calou aquela babel de sons, e o Mágico não perdeu tempo em quebrar o encantamento deles. Primeiro um, depois outro soldado gigante foi desaparecendo e se tornando um macaco comum de novo, e os seis logo se reuniram a seus amigos em sua forma normal.

Essa ação tornou o Mágico muito popular no meio do grande exército de macacos, e, quando o Macaco-Cinzento anunciou que o Mágico queria tomar emprestados doze macacos para levá-los para a Cidade das Esmeraldas por algumas semanas, e pediu alguns voluntários, aproximadamente uma centena se ofereceu para ir, tão grande era a confiança deles no homenzinho que tinha salvado seus camaradas.

O Mágico selecionou uma dúzia de macacos que lhe pareceram inteligentes e de bom temperamento, e então abriu sua bolsa preta e tirou dali um prato de forma estranha, que era de prata por fora e de ouro por dentro. Nesse prato ele polvilhou um pó e colocou fogo nele. Isso fez uma fumaça espessa que envolveu bem os doze macacos, assim como envolveu o próprio Mágico, mas, quando a fumaça se desfez, o prato tinha se transformado em uma gaiola de ouro com barras de prata, e os doze macacos tinham ficado com cerca de oito centímetros de altura e estavam sentados confortavelmente dentro da gaiola.

Os milhares de animais peludos que tinham testemunhado essa ação de magia ficaram completamente assombrados e aplaudiram o Mágico, guinchando alto e chacoalhando os galhos das árvores em que estavam sentados.

Dorothy disse:

– É um belo truque, Mágico!

E o Macaco-Cinzento afirmou:

– Você é certamente o feiticeiro mais maravilhoso de toda a Terra de Oz!

– Ah, não – replicou modestamente o homenzinho. – A magia de Glinda é melhor do que a minha, mas a minha é suficientemente boa para ocasiões comuns. Então, Rango, vamos dar-lhe um até logo, e prometo devolver os macacos tão felizes e seguros como estão agora.

O Mágico montou nas costas do Tigre Faminto e levou a gaiola dos macacos com todo o cuidado, de modo que ela não ficasse sacudindo os bichos. Dorothy montou nas costas do Leão Covarde, e a Gata de Vidro ia trotando na frente, para mostrar o caminho.

O rei Gugu agachou-se sobre um tronco e ficou a observá-los enquanto se retiravam, mas, ao dar-lhes adeus, o enorme Leopardo disse:

– Agora sei que vocês são amigos dos animais e que os habitantes da floresta podem confiar em vocês. Não importa quantas vezes o Mágico de Oz e a princesa Dorothy terão que entrar na Floresta Gugu daqui para a frente, sempre serão bem recebidos e estarão tão seguros conosco quanto estão na Cidade das Esmeraldas.

UMA VIAGEM NOTÁVEL

– Veja – exclamou a Gata de Vidro – que a Ilha Mágica onde Trot e o Capitão Bill estão grudados também fica no País dos Gillikins, do lado leste, e não é mais longe atravessar a região daqui do que ir daqui para a Cidade das Esmeraldas. Assim, pouparemos tempo cortando pelas montanhas.

– Tem certeza de que conhece o caminho? – perguntou Dorothy.

– Você conhece a Terra de Oz melhor do que nenhuma criatura viva – afirmou a Gata de Vidro.

– Vá em frente, então, e continue nos guiando – disse o Mágico. – Deixamos nossos pobres amigos sem ajuda por tempo demais, e, quanto mais cedo nós os resgatarmos, mais felizes eles serão.

– Tem certeza de que pode tirá-los daquele grude? – perguntou a garotinha.

– Não tenho dúvida disso – assegurou-lhe o Mágico. – Mas não sei lhe dizer ainda que tipo de magia precisarei usar até chegar ao lugar e descobrir como eles foram encantados.

– Já ouvi falar dessa Ilha Mágica onde cresce a Flor Mágica – afirmou o Leão Covarde. – Tempos atrás, quando eu vivia nessa floresta, os animais contavam histórias sobre a ilha e diziam que a Flor Mágica tinha sido colocada lá para enganar os estranhos... homens ou animais.

– Essa Flor Mágica é realmente maravilhosa? – perguntou Dorothy.

– Ouvi dizer que é a planta mais bonita do mundo – respondeu o Leão. – Eu mesmo nunca vi essa flor, mas amigos animais me contaram que, quando ficam na beira da água do rio e olham em direção à planta, no Pote de Ouro, veem centenas de flores, de todas as espécies e tamanhos, com os botões de flores se sucedendo rapidamente. Contam que, se alguém colher as flores enquanto estão desabrochando, elas permanecem perfeitas por um longo tempo, mas, se não são colhidas, elas logo desaparecem e são substituídas por outras flores. Isso, na minha opinião, faz da Planta Mágica a maior maravilha que existe.

– Mas isso são apenas histórias – disse a garota. – Será que algum de seus amigos chegou a colher uma flor da planta maravilhosa?

– Não – admitiu o Leão Covarde –, porque, se algum ser vivo aventura-se a ir até a Ilha Mágica, onde está o Pote de Ouro, esse homem ou animal cria raízes no chão e não pode mais ir embora.

– O que acontece com eles então? – perguntou Dorothy.

– Eles vão tornando-se menores, hora a hora, dia a dia, e finalmente desaparecem completamente.

– Então – disse a garota ansiosamente –, precisamos correr, ou o Capitão Bill e Trot estarão pequenos demais para ficar confortáveis.

Continuaram indo a passo rápido durante essa conversa, porque o Tigre Faminto e o Leão Covarde eram obrigados a movimentar-se depressa para manter o passo da Gata de Vidro. Depois de deixar a Floresta Gugu, cruzaram a cadeia de montanhas e em seguida uma ampla planície, após a qual alcançaram outra floresta, menor do que aquela governada por Gugu.

– A Ilha Mágica fica nesta floresta – disse a Gata de Vidro –, mas o rio fica do outro lado dela. Não existe nenhum caminho entre as árvores, mas, se continuarmos indo para leste, vamos encontrar o rio, e então será fácil achar a Ilha Mágica.

– Você já viajou desse jeito antes? – perguntou o Mágico.

– Não exatamente – admitiu a Gata –, mas sei que vamos alcançar o rio se formos para leste através da floresta.

– Guie-nos então – disse o Mágico.

A Gata de Vidro retomou a viagem. Primeiro foi fácil passar entre as árvores; mas, antes que o matagal e as videiras se tornassem mais espessos e emaranhados, e depois de forçar o caminho através desses obstáculos por um tempo, nossos viajantes chegaram a um lugar onde nem mesmo a Gata de Vidro poderia forçar.

– É melhor voltar e achar uma trilha – sugeriu o Tigre Faminto.

– Estou surpresa com você – disse Dorothy, olhando seriamente para a Gata de Vidro.

– Eu mesma estou surpresa – replicou a Gata. – Mas é um longo caminho pela floresta até o local onde está o rio, e pensei que poderíamos poupar tempo indo direto.

– Ninguém está culpando você – disse o Mágico –, mas acho que, em vez de voltar, podemos seguir a trilha que nos permite continuar.

Ele abriu sua bolsa preta e, depois de procurar entre seus instrumentos mágicos, tirou dali um pequeno machado, feito de algum metal tão bem polido que brilhava muito, mesmo na floresta escura. O Mágico pousou o machadinho no chão e disse com voz de comando:

Corte, Machadinho, um corte limpo e perfeito;
Um caminho para nossos pés deve logo ser feito.
Corte, Machadinho, até a selva emaranhada passar;
Para o leste... para o caminho podermos desbravar!

Então, o machadinho começou a movimentar-se e lançar sua brilhante lâmina para a direita e para a esquerda, abrindo caminho entre as videiras e o matagal e dispersando a emaranhada barreira tão depressa que o Leão e o Tigre, carregando nas costas Dorothy, o Mágico e a gaiola dos macacos, eram capazes de percorrer a floresta a passos largos. O matagal parecia desfazer-se diante deles, pois o machadinho cortava tão depressa que seus olhos viam apenas o brilho da lâmina. Então, de repente, a floresta estava aberta de novo, e o machadinho, tendo obedecido às suas ordens, ficou repousando no chão.

O Mágico pegou o machadinho mágico e, depois de limpá-lo cuidadosamente com seu lenço de seda, colocou-o de volta em sua bolsa preta. Então continuaram e, em pouco tempo, alcançaram o rio.

– Deixe-me ver – disse a Gata de Vidro, olhando para cima e para baixo o curso de água –, acho que estamos abaixo da Ilha Mágica; então, precisamos subir o rio até chegar lá.

Então começaram a subir o rio, ou seja, andando confortavelmente pela margem, e depois de um momento o rio alargou-se e apareceu uma curva acentuada, escondendo tudo da vista deles. Contudo, caminharam rapidamente adiante, e mal tinham alcançado a curva quando uma voz gritou, avisando:

– Cuidado!

Os viajantes pararam abruptamente, e o Mágico perguntou:

– Cuidado com o quê?

– Vocês quase pisaram em meu Palácio de Diamantes – replicou a voz, e um pato de penas ricamente coloridas apareceu diante deles.

– Os animais e os homens são terrivelmente desastrados – continuou o Pato, em tom irritado –, e, de qualquer modo, vocês não têm nada que fazer deste lado do rio. O que estão fazendo aqui?

– Temos que resgatar alguns amigos que estão grudados na Ilha Mágica deste rio – explicou Dorothy.

– Eu os conheço – disse o Pato. – Tenho observado os dois, e eles grudaram rápido, bem firme. Vocês podem muito bem voltar para casa, pois nenhum poder pode salvá-los.

– Este é o Maravilhoso Mágico de Oz – disse Dorothy, apontando para o homenzinho.

– Bem, sou o Pato Solitário – foi a resposta, enquanto a ave se pavoneava de cima para baixo no intuito de exibir melhor suas penas. – Sou eu o grande Feiticeiro da Floresta, como qualquer animal pode lhes dizer, mas nem eu tenho poder para destruir o terrível encanto da Ilha Mágica.

– Você está sozinho porque é feiticeiro? – perguntou Dorothy.

– Não; sou sozinho porque não tenho família nem amigos. Mas gosto de ser sozinho, por isso, por favor, não venham ser amigáveis comigo. Vão embora e tentem não pisar em meu Palácio de Diamantes.

– Onde fica? – perguntou a garota.

– Atrás dessa moita.

Dorothy desceu das costas do leão e correu em volta da moita para ver o Palácio de Diamantes do Pato Solitário, embora a excêntrica ave protestasse com uma série de baixos **quacs**. A garota encontrou, realmente, uma cúpula reluzente formada pelos mais brilhantes diamantes, colocados bem juntos, com uma porta lateral suficientemente grande para que o pato por ela passasse.

– Onde você encontrou tantos diamantes? – perguntou Dorothy, maravilhada.

– Conheço um lugar nas montanhas onde eles são tão grandes como os cascalhos – disse o Pato Solitário –, e trouxe-os para cá dentro de meu bico, um por um, e os coloquei no rio, deixando que a água corresse sobre eles até que ficassem brilhantemente polidos. Então construí esse palácio, e estou certo de que é o único Palácio de Diamantes de todo o mundo.

– É o único de que ouvi falar – disse a garotinha –, mas, se você mora aí sozinho, não vejo por que seria melhor do que um palácio de madeira, ou um de tijolos ou pedras.

— Vocês não entendem isso – retorquiu o Pato Solitário. – Mas devo lhes dizer, por questão de educação, que um lar de qualquer espécie deve ser bonito para aqueles que nele vivem, e não têm a intenção de agradar a estranhos. O Palácio de Diamantes é o meu lar, e gosto dele. Assim, não dou um **quac** se **você** gosta ou não.

— Ah, mas eu gosto! – exclamou Dorothy. – É adorável do lado de fora, mas… – Então parou de falar, pois o Pato Solitário tinha entrado em seu palácio através da pequena porta sem nem mesmo dizer até logo. Assim, Dorothy retornou para seus amigos, e eles continuaram a viagem.

— Você acha, Mágico, que o Pato estava certo ao dizer que nenhuma magia pode salvar Trot e o Capitão Bill? – perguntou a garota com um tom de preocupação na voz.

— Não acho que o Pato Solitário esteja certo ao dizer isso – respondeu o Mágico, sério –, mas é possível que o encantamento deles seja mais difícil de vencer do que eu esperava. Farei o meu melhor, é claro, e ninguém pode fazer mais do que o seu melhor.

Aquilo não aliviou inteiramente a ansiedade de Dorothy, mas ela não disse mais nada, e logo, virando a curva do rio, eles avistaram a Ilha Mágica.

— Lá estão eles! – exclamou Dorothy, entusiasmada.

— Sim, estou vendo – replicou o Mágico, meneando a cabeça. – Eles estão sentados em dois chapéus-de-cobra.

— Isso é estranho – afirmou a Gata de Cristal. – Não existiam chapéus-de-cobra lá quando eu os deixei.

— Que flor adorável! – gritou Dorothy arrebatada, quando seu olhar caiu sobre a Planta Mágica.

— Não se preocupe com a flor agora – advertiu o Mágico. – A coisa mais importante é resgatar seus amigos.

Nessa altura, eles tinham chegado a um lugar exatamente em frente à Ilha Mágica, e então Trot e o Capitão Bill viram a chegada de seus amigos e lhes pediram ajuda.

– Como estão? – gritou o Mágico, colocando as mãos em volta da boca para que eles pudessem ouvir melhor do outro lado da água.

– Estamos com má sorte – gritou o Capitão Bill, em resposta. – Estamos ancorados aqui e não podemos nos mover até que você ache um meio de cortar esta amarra.

– O que ele quer dizer com aquilo? – perguntou Dorothy.

– Não podemos nos mexer nem um pouco nossos pés! – gritou Trot, falando tão alto quanto podia.

– Por que não? – perguntou Dorothy.

– Eles criaram raízes aqui – exclamou Trot.

Era difícil falar, tão grande era a distância, então o Mágico disse para a Gata de Vidro:

– Vá até a ilha e diga aos nossos amigos que sejam pacientes, porque vamos salvá-los. Pode levar algum tempo, pois a Magia da Ilha é nova para mim, e preciso fazer algumas experiências. Mas diga a eles que farei tudo o mais rápido que puder.

Então a Gata de Vidro atravessou o rio embaixo da água para dizer a Trot e ao Capitão Bill que não se preocupassem, e o Mágico imediatamente abriu sua bolsa preta para fazer suas preparações.

A MAGIA DO MÁGICO

Primeiramente ele pegou um pequeno tripé prateado e colocou uma bacia de ouro sobre ele. Nessa bacia, colocou dois pós – um rosa e outro azul-celeste – e despejou sobre eles um líquido amarelo de um frasco de cristal. Depois balbuciou algumas palavras mágicas, e os pós começaram a chiar e queimar, e soltaram uma nuvem de fumaça violeta que flutuou através do rio e envolveu completamente os dois, Trot e o Capitão Bill, assim como os chapéus-de-cobra em que estavam sentados, e também a Planta Mágica em seu Pote de Ouro. Então, depois que a fumaça desapareceu no ar, o Mágico convocou os prisioneiros:

– Estão livres?

Tanto Trot como o Capitão Bill tentaram mexer os pés e não conseguiram.

– Não! – gritaram eles em resposta.

O Mágico esfregou reflexivamente a cabeça careca e então pegou alguns outros instrumentos mágicos em sua bolsa.

Primeiro colocou uma pequena bala preta em uma pistola de prata e atirou em direção à Ilha Mágica. A bala explodiu bem sobre a cabeça de Trot e espalhou milhares de partículas sobre a garotinha.

– Ah! – disse o Mágico. – Acho que isso vai deixá-los livres.

Mas Trot ainda estava com os pés enraizados no chão da Ilha Mágica, e o desapontado Mágico teve que tentar algo mais.

Por quase uma hora ele trabalhou duro, usando quase todos os instrumentos de mágica de sua bolsa preta, e nem assim o Capitão Bill e Trot foram libertados.

– Céus! – exclamou Dorothy. – Receio que teremos que procurar Glinda, depois de tudo isso.

Isso fez o pequeno Mágico ficar ruborizado, pois o envergonhava muito pensar que sua magia não era equivalente àquela da Ilha Mágica.

– Ainda não vou desistir, Dorothy – disse ele –, porque sei uma porção de magias que até agora não tentei. Não sei que feiticeiro encantou esta pequena ilha, ou quais são seus poderes, mas sei que posso quebrar qualquer encantamento conhecido pelos bruxos e feiticeiros comuns que habitam a Terra de Oz. É como destrancar uma porta; tudo de que você precisa é achar a chave certa.

– Mas suponha que você não esteja com a chave certa aí – sugeriu Dorothy –; e então?

– Então teremos que fazer a chave – respondeu ele.

A Gata de Vidro, caminhando sob a água, chegou até o lado do rio em que estavam e disse ao Mágico:

– Os dois estão amedrontados lá na ilha porque diminuem de tamanho a cada minuto. Até agora, quando os deixei, tanto Trot como o Capitão Bill já estavam com apenas metade de seu tamanho natural.

– Acho – disse o Mágico reflexivamente – que é melhor ir até a beira da ilha, onde eu posso falar com eles e trabalhar com mais eficiência. Como Trot e o Capitão Bill chegaram à ilha?

– Em uma jangada – respondeu a Gata de Vidro. – Ela está lá agora, na outra margem, na beira do rio.

– Acho que você não é forte o suficiente para trazer a jangada para este lado, não?

– Não; só conseguiria movê-la por alguns centímetros – disse a Gata.

– Vou tentar pegá-la para você – ofereceu-se o Leão Covarde. – Estou tremendo de medo que a Ilha Mágica possa me capturar também; mas vou tentar pegar a jangada e trazê-la até este lado para você.

– Obrigado, meu amigo – disse o Mágico.

Então o Leão mergulhou no rio e nadou com poderosas braçadas até o lugar onde a jangada estava, na beirada do outro lado. Colocando uma pata na jangada, ele se virou e saiu nadando com as outras três pernas, e tão forte era o grande animal que conseguiu puxar a jangada da beira do rio e empurrá-la lentamente ao lugar em que o Mágico estava, na outra margem.

– Bom! – exclamou o homenzinho, bastante satisfeito.

– Posso atravessar com você? – perguntou Dorothy.

O Mágico hesitou.

– Se você tomar cuidado de não sair da jangada nem ficar andando pela ilha, ficará em segurança – advertiu ele.

Então o Mágico disse ao Tigre Faminto e ao Leão Covarde que guardassem a gaiola dos macacos até que ele voltasse, e assim ele e Dorothy subiram na jangada. O remo que o Capitão Bill tinha feito ainda estava lá, de modo que o pequeno Mágico remou a desajeitada jangada e aportou na praia da Ilha Mágica, tão perto quanto conseguiu do lugar em que o Capitão Bill e Trot estavam enraizados.

Dorothy ficou chocada ao ver como os prisioneiros tinham encolhido de tamanho, e Trot disse a seus amigos:

– Se vocês não puderem nos salvar depressa, logo não terá sobrado mais nada de nós.

– Seja paciente, querida – aconselhou o Mágico, e pegou o machadinho de sua bolsa preta.

– O que você vai fazer com isso? – perguntou o Capitão Bill.

– É um machado mágico – replicou o Mágico – e, quando eu disser a ele para cortar, ele vai cortar essas raízes dos seus pés, e vocês poderão correr até a jangada antes que eles se enraízem de novo.

– Não! – gritou o marinheiro, alarmado. – Não faça isso! Essas raízes são todas de carne, e nosso corpo está alimentando as raízes enquanto elas crescem para dentro do chão.

– Cortar fora as raízes – disse Trot – seria como cortar fora nossos dedos.

O Mágico colocou o machadinho de volta na bolsa preta e pegou um par de pinças de prata.

– Cresçam... cresçam... cresçam! – disse ele às pinças, e imediatamente elas cresceram como tenazes e se abriram até alcançar os prisioneiros.

– O que você está fazendo agora? – perguntou o Capitão Bill, olhando amedrontado para as pinças.

– Este instrumento mágico vai puxar vocês para cima, com raízes e tudo, e deixar vocês em cima desta jangada – declarou o Mágico.

– Não faça isso! – implorou o marinheiro, com um calafrio. – Causaria horríveis sofrimentos em nós dois.

– Arrancar-nos pelas raízes seria como arrancar nossos dentes – explicou Trot.

– Encolham! – disse o Mágico para as pinças, e imediatamente elas se tornaram pequenas, e ele as jogou dentro da bolsa preta.

– Acho, amigos, que tudo depende de nós – afirmou o Capitão Bill, com um suspiro desanimado.

– Por favor, diga a Ozma, Dorothy – disse Trot –, que nos metemos em apuros tentando arranjar para ela um belo presente de aniversário. Então ela vai nos perdoar. A Flor Mágica é adorável e maravilhosa, mas é apenas uma isca para pegar pessoas nesta ilha terrível e depois destruí-las. Você terá uma bela festa de aniversário sem a gente, tenho certeza; e espero, Dorothy, que nenhum de vocês da Cidade das Esmeraldas se esqueça de mim... ou do querido Capitão Bill.

DOROTHY E OS ABELHÕES

Dorothy estava muito aborrecida e teve muito trabalho para que seus olhos não se enchessem de lágrimas.

– Isso é tudo o que você pode fazer, Mágico? – perguntou ela ao homenzinho.

– É tudo o que consigo pensar por ora – retornou ele tristemente. – Mas pretendo continuar pensando até que... até que... bem, até que o pensamento produza algo de bom.

Ficaram todos em silêncio por um tempo, Dorothy e o Mágico sentados pensativamente na jangada, e Trot e o Capitão Bill sentados pensativamente nos chapéus-de-cobra e ficando de tamanho cada vez menor e menor.

De repente, Dorothy disse:

– Mágico, pensei em uma coisa!

– Em que você pensou? – perguntou ele, olhando para a garotinha com interesse.

– Você se lembra da palavra mágica que transforma as pessoas? – perguntou ela.

– É claro – disse ele.

– Então você pode transformar Trot e o Capitão Bill em pássaros ou em abelhões, e eles poderão voar para outra praia. Quando estiverem em local seguro, você poderá transformá-los em sua forma normal outra vez!

– Pode fazer isso, Mágico? – perguntou o Capitão Bill, ansioso.

– Penso que sim.

– As raízes e tudo? – perguntou Trot.

– Ora, as raízes agora são parte de seu corpo, e, se for transformada em um abelhão, você toda será transformada, é claro, e ficará livre desta horrível ilha.

– Está bem; faça isso, então! – exclamou o marinheiro.

Então o Mágico disse, de maneira lenta e clara:

– Quero que Trot e o Capitão Bill tornem-se abelhões… Pyrzqxgl!

Felizmente ele pronunciou a palavra mágica da forma certa, e no mesmo instante Trot e o Capitão Bill desapareceram de vista, e acima do lugar em que eles estavam agora voavam dois abelhões.

– Hurra! – gritou Dorothy com satisfação – Estão salvos!

– Acho que estão – concordou o Mágico, igualmente satisfeito.

Os abelhões voejaram sobre a jangada por um instante e então voaram sobre o rio para onde o Leão e o Tigre esperavam. O Mágico pegou o remo e conduziu a jangada pela água o mais rápido que pôde. Quando alcançou a outra margem do rio, tanto Dorothy quanto o Mágico pularam na beira, e o homenzinho perguntou, animado:

– Onde estão os abelhões?

– Os abelhões? – perguntou o Leão, que estava meio adormecido e não sabia o que havia acontecido na Ilha Mágica.

– Sim, eram dois abelhões.

– Dois abelhões? – disse o Tigre Faminto, bocejando. – Ora, comi um deles, e o Leão Covarde comeu o outro.

– Meu Deus! – exclamou Dorothy, horrorizada.

– Eram pequenos para o nosso lanche – afirmou o Tigre –, mas os abelhões foram as únicas coisas que encontramos.

– Que horror! – suspirou Dorothy, apertando as mãos em desespero. – Vocês comeram Trot e o Capitão Bill.

Mas nesse exato momento ela ouviu um zumbido sobre a cabeça, e dois abelhões pousaram em seu ombro.

– Aqui estamos – disse uma vozinha em seu ouvido. – Sou Trot, Dorothy.

– E eu sou o Capitão Bill – disse o outro abelhão.

Dorothy quase desmaiou de alívio, e o Mágico, que estava ao lado e tinha ouvido as pequenas vozes, deu uma risada e disse:

– Vocês não são os únicos abelhões na floresta, parece, mas aconselho os dois a se manterem longe do Leão e do Tigre, até que tenham recuperado a forma original.

– Faça isso agora, Mágico! – aconselhou Dorothy. – São tão pequenos que nunca se sabe o que pode acontecer com eles.

Então o Mágico deu a ordem e pronunciou a palavra mágica, e no mesmo instante Trot e o Capitão Bill estavam ao lado deles, na mesma forma de antes de sua temerária aventura. Pois não estavam mais de tamanho pequeno, porque o Mágico os tinha transformado na forma e tamanho natural que tinham. As horríveis raízes dos seus pés haviam desaparecido com a transformação.

Enquanto Dorothy abraçava Trot, que chorava porque estava muito feliz, o Mágico trocou um aperto de mãos com o Capitão Bill e o congratulou pela fuga de lá. O velho marinheiro estava tão satisfeito que também apertou a pata do Leão, tirou o chapéu e fez uma polida reverência à gaiola dos macacos.

Então o Capitão Bill fez uma coisa curiosa. Foi até uma árvore grande e, pegando sua faca, cortou um grande pedaço da espessa casca. Em seguida sentou-se no chão e, após tirar um rolo de corda do bolso, que parecia conter toda espécie de objeto, amarrou com ela o liso pedaço de casca sob seu pé bom, por baixo da sola de couro.

– Para que é isso? – perguntou o Mágico.

– Odeio ser pego de surpresa – replicou o marinheiro –; por isso estou indo de novo à ilha.

– E ser encantado de novo? – exclamou Trot, com evidente desaprovação.

– Não; desta vez vou driblar a magia da ilha. Notei que minha perna de madeira não ficou grudada, nem criou raízes, e nem os pés da Gata de Vidro. São apenas seres de carne, como os humanos ou os animais, que a magia pode prender e enraizar no chão. Nossos sapatos são de couro, e o couro vem de algum animal. Nossas meias são de lã, e a lã vem dos carneiros. Por isso que, enquanto andávamos pela Ilha Mágica, nossos pés criaram raízes e nos deixaram presos lá. Mas não minha perna de madeira. Então agora vou colocar uma casca da árvore embaixo do meu outro pé, e a magia não vai conseguir me prender.

– Mas por que você deseja voltar à ilha? – perguntou Dorothy.

– Você não viu a Flor Mágica no Pote de Ouro? – retornou o Capitão Bill.

– Claro que vi, e ela é adorável, maravilhosa.

– Bem, Trot e eu pretendemos pegar a Planta Mágica e dar de presente para Ozma no aniversário dela, e quero pegá-la para levá-la com a gente à Cidade das Esmeraldas.

– Seria ótimo – exclamou Trot ansiosamente –, se você acha que pode fazer isso e que é seguro tentar!

– Tenho certeza de que é seguro, do jeito que arrumei o meu pé – disse o marinheiro –, e, se acontecer de eu ser pego, suponho que o Mágico poderia me salvar de novo.

– Suponho que sim – concordou o Mágico. – De qualquer modo, se quer tentar, Capitão Bill, vá em frente. Estaremos aqui observando o que acontece.

O marinheiro subiu na jangada novamente e remou para a Ilha Mágica, ancorando tão perto quanto pôde do Pote de Ouro. Eles o observaram caminhar pela terra, colocar os dois braços em volta do pote e levantá-lo facilmente do lugar. A remoção não pareceu afetar a Flor Mágica de jeito nenhum, pois estavam brotando narcisos quando o Capitão Bill a pegou, e no caminho para a jangada cresceram tulipas e gladíolos. Durante o tempo em que o marinheiro esteve remando sobre o rio até o lugar em que seus amigos o esperavam, sete diferentes variedades de flores desabrocharam sucessivamente na planta.

– Acho que o feiticeiro que o colocou na ilha nunca pensou que alguém levaria o pote embora – disse Dorothy.

– Ele deve ter imaginado que apenas os seres humanos iriam querer a planta, e qualquer um que fosse até a ilha para pegá-la ficaria preso pelo encantamento – acrescentou o Mágico.

– Depois disso – afirmou Trot –, ninguém vai se preocupar em ir até a ilha, então não será mais uma armadilha.

– Aí está – exclamou o Capitão Bill, colocando triunfantemente a Planta Mágica na beira do rio –; se Ozma ganhar um presente de aniversário melhor do que este, gostaria de saber qual seria!

– Vai é surpreendê-la, isso sim – declarou Dorothy, maravilhada ao lado da planta, diante dos gloriosos brotos e observando-os transformar-se de rosas amarelas em violetas.

– Vai surpreender todo mundo na Cidade das Esmeraldas – afirmou Trot, feliz –; e será um presente meu e do Capitão Bill para Ozma.

– Acho que eu deveria ter um pequeno crédito aí – objetou a Gata de Vidro. – Eu é que descobri a coisa, guiei vocês até ela e trouxe o Mágico para salvá-los quando ficaram presos.

– É verdade – admitiu Trot –, e vou contar a Ozma a história toda, assim ela vai ficar sabendo como você foi boa.

OS MACACOS SÃO IMPORTUNADOS

– Agora – disse o Mágico – precisamos ir embora para casa. Mas como vamos levar esse grande Pote de Ouro da flor? O Capitão Bill não vai poder carregá-lo o tempo todo, isso é certo.

– Não – concordou o marinheiro –; é bem pesado. Posso levá-lo por um tempinho, mas tenho que parar para descansar a cada poucos minutos.

– Não podemos colocá-lo em suas costas? – perguntou Dorothy para o Leão Covarde.

– Não me recuso a carregá-lo, se vocês conseguirem prendê-lo bem – respondeu o Leão.

– Se ele cair – disse Trot –, pode quebrar e arruinar tudo.

– Eu o consertarei – prometeu o Capitão Bill. – Vou fazer uma prancha plana do tronco de uma dessas árvores, amarrá-la nas costas do leão e colocar o pote da flor em cima da prancha. – Dito isto, começou a trabalhar na mesma hora, mas, como tinha apenas sua faca grande como ferramenta, seu progresso foi lento.

Então, o Mágico tirou de sua bolsa preta uma pequena serra que brilhava como prata e disse à serra:

Serra, serrinha, vem mostrar o seu poder;
Faça uma prancha para a Flor Mágica prender.

Imediatamente a serrinha começou a movimentar-se e serrou o tronco tão depressa que todos os que a observavam trabalhar ficaram assombrados. Ela parecia entender também qual seria o uso da prancha, pois, quando a terminou, esta era plana em cima e com um recorte embaixo, de tal maneira que se encaixava exatamente nas costas do Leão.

– É quase uma escultura! – exclamou o Capitão Bill, admirado. – Você não tem *duas* dessas serras, hein, Mágico?

– Não – replicou o Mágico, embrulhando a serra mágica cuidadosamente em seu lenço de seda e colocando-a na bolsa preta. – É a única serra desse tipo no mundo; se houvesse mais delas, seria maravilhoso.

Então eles amarraram a prancha nas costas do Leão, com o lado plano para cima, e o Capitão Bill colocou cuidadosamente a Flor Mágica na prancha.

– Para evitar acidentes – disse ele –, posso andar ao lado do Leão e segurar o pote da flor.

Trot e Dorothy poderiam ambas montar nas costas do Tigre Faminto, e entre elas levariam a gaiola dos macacos. Mas esse arranjo fez com que o Mágico, assim como o marinheiro, tivesse que fazer a viagem a pé, e assim o cortejo foi andando lentamente, e a Gata de Vidro queixou-se de que levaria muito tempo para chegar à Cidade das Esmeraldas.

A Gata inicialmente exibiu um temperamento mal-humorado e rabugento, mas, conforme a viagem foi avançando, a criatura de cristal acabou descobrindo uma boa diversão. Os compridos rabos dos macaquinhos toda hora ficavam presos nas barras da gaiola, e, quando isso acontecia, a Gata de Vidro, sem ser vista, soltava o rabo do bichinho e o empurrava com um peteleco. Isso fazia os macacos gritar, e seus gritos davam um imenso prazer à Gata de Vidro. Trot e Dorothy tentaram fazer parar essa brincadeira maldosa, mas, quando não estavam olhando, a Gata empurrava os rabos de novo, e a criatura era tão astuta e rápida que os macacos raramente conseguiam escapar. Eles reclamavam de cara feia com a Gata e sacudiam as barras de sua gaiola, mas não podiam sair, e a Gata simplesmente ria deles.

Depois que o cortejo deixou a floresta e estava nas planícies do País dos Munchkins, escureceu, e eles foram obrigados a montar um acampamento para passar a noite, e para isso escolheram um belo lugar ao lado de um riacho. Por meio de sua magia, o Mágico criou três tendas, colocou-as enfileiradas na relva e preencheu-as com tudo o que era necessário para o conforto de seus camaradas.

A tenda do meio era para Dorothy e Trot e continha duas aconchegantes camas brancas e duas cadeiras. Outra tenda, também com camas e cadeiras, era destinada ao Mágico e ao Capitão Bill, enquanto a terceira tenda estava pronta para acomodar o Tigre Faminto, o Leão Covarde, a gaiola dos macaquinhos e a Gata de Vidro. Fora das tendas, o Mágico fez uma fogueira e colocou sobre ela uma chaleira mágica com a qual poderiam ser preparadas várias espécies de ótimos alimentos para o jantar deles, já soltando fumaça quente.

Depois que eles jantaram e conversaram por algum tempo, sob um céu de brilhantes estrelas, foram todos para a cama e logo estavam dormindo. O Leão e o Tigre já estavam quase adormecidos também, quando foram despertados pelos gritos dos macacos, pois a Gata de

Vidro fora até ali de mansinho e estava novamente dando petelecos no rabo deles. Aborrecido com o barulho, o Tigre Faminto gritou: "Parem com essa algazarra!", e, vendo a Gata de Vidro, ergueu sua grande pata e ameaçou a criatura. A gata evitou rapidamente o golpe, mas as garras do Tigre Faminto atingiram a gaiola dos macacos e entortaram duas das barras.

Então o Tigre deitou novamente para dormir, mas os macacos logo descobriram que as barras entortadas permitiam que eles se espremessem por ali. No entanto, não deixaram a gaiola, mas, depois de tagarelarem, deixaram o rabo preso nas barras e ficaram todos quietos.

Nesse momento, a Gata de Vidro aproximou-se mansamente da gaiola outra vez e deu um peteleco em um dos rabos. No mesmo instante, os macacos pularam por entre as barras tortas, um de cada vez, e, embora fossem muito pequenos, os doze macacos juntos rodearam a Gata de Vidro, seguraram suas garras, seu rabo e suas orelhas e a fizeram prisioneira. Então, jogaram a Gata fora da tenda, para baixo, nas margens do riacho.

Os macacos sabiam que essas margens estavam cobertas com uma espessa camada de lama escorregadia azul-escura, e, quando jogaram a Gata ali, cobriram com essa lama todo o corpo de vidro dela, enchendo de lama também as orelhas e os olhos da criatura, de modo que ela não podia nem ver nem ouvir. Não estava mais transparente, e tão espessa era a lama que tinha no corpo que ninguém podia ver seu cérebro cor-de-rosa nem seu coração de rubi.

Nessas condições, levaram a bichana de volta para a tenda e entraram novamente na gaiola.

Pela manhã, a lama tinha secado e endurecido na Gata de Vidro, que estava toda tingida de um azul opaco. Dorothy e Trot ficaram horrorizadas, mas o Mágico balançou a cabeça e disse que aquilo servia muito bem à Gata de Vidro por caçoar dos macacos.

O Capitão Bill, com suas mãos fortes, logo desentortou as barras da gaiola dos macacos e então perguntou ao Mágico se deveria lavar a Gata de Vidro na água do riacho.

– Ainda não – respondeu o Mágico. – A Gata merece ser punida, por isso penso que vou deixar essa lama azul, que é tão ruim como tinta, sobre seu corpo até que ela chegue à Cidade das Esmeraldas. A tola criatura é tão vaidosa que vai ficar muito envergonhada quando os habitantes de Oz a virem nessas condições, e talvez aprenda a lição e deixe os macacos em paz daqui para a frente.

Contudo, a Gata de Vidro não podia ver nem ouvir, e, para evitar o trabalho de carregá-la na viagem, o Mágico arrancou a lama de seus olhos e de suas orelhas, e Dorothy umedeceu seu lenço e limpou os olhos e as orelhas da Gata.

Assim que conseguiu falar, a Gata de Vidro perguntou, indignada:

– Não vão punir esses macacos por terem feito tal travessura comigo?

– Não – respondeu o Mágico. – Você fez travessuras com eles, empurrando-os pelo rabo, então ficam elas por elas, como se diz, e estou satisfeito que os macacos tenham conseguido se vingar.

Ele não iria permitir que a Gata de Vidro se aproximasse da água para se lavar, e fez com que ela os seguisse quando retomaram sua viagem à Cidade das Esmeraldas.

– Isso é apenas parte de sua punição – disse o Mágico, severamente. – Ozma vai rir de você quando chegar ao palácio, também o Espantalho, o Homem de Lata, Tic-Tac, o Homem-Farrapo, o Botão-Brilhante, a Menina de Retalhos e...

– E o Gato Cor-de-Rosa – acrescentou Dorothy.

Essa sugestão feriu a Gata de Vidro mais do que qualquer outra. O Gato Cor-de-Rosa sempre discutia com a Gata de Vidro e insistia dizendo que a carne era superior ao vidro, enquanto a Gata de Vidro

zombava do Gato Cor-de-Rosa, porque ele não tinha cérebro cor-de-
-rosa. Mas agora o cérebro cor-de-rosa estava todo tingido de lama
azul, e, se o Gato Cor-de-Rosa pudesse ver a Gata de Vidro nesse
estado, seria uma horrível humilhação.

Por muitas horas, a Gata de Vidro caminhou timidamente, mas
pelo meio-dia percebeu uma oportunidade, quando ninguém estava
olhando, e disparou pelo meio da relva alta. Lembrou-se de que havia
ali perto uma pequena lagoa de água cristalina, e a Gata correu tão
rápido quanto pôde para essa lagoa.

Os outros não sentiram sua falta, até que pararam para o almoço,
e então era tarde demais para ir atrás dela.

– Suspeito que ela tenha ido a algum lugar para se lavar – disse
Dorothy.

– Não se preocupe – interveio o Mágico. – Talvez a criatura de
vidro já tenha sido punida o suficiente, e não devemos esquecer que
ela salvou tanto Trot quanto o Capitão Bill.

– Depois de já tê-los guiado até a ilha encantada – acrescentou
Dorothy. – Mas penso, assim como o senhor, que a Gata de Vidro foi
punida o suficiente e talvez não tente importunar os macacos de novo.

A Gata de Vidro não voltou a juntar-se ao grupo dos viajantes.
Ainda estava ressentida, e eles andavam muito devagar para ela, além
disso. Quando chegaram ao Palácio Real, uma das primeiras coisas
que viram foi a Gata de Vidro, enroscada em um banco, tão brilhante,
limpa e transparente como sempre. Mas fingiu que não percebeu a
chegada deles, que passaram por ela sem lhe dar atenção.

A FACULDADE DE ARTES ATLÉTICAS

Dorothy e seus amigos chegaram ao Palácio Real em uma boa hora, pois Ozma tinha reunido o Supremo Tribunal em sua Sala do Trono, onde o professor Besourão, I. I.[2], estava apelando a ela que punisse os estudantes da Faculdade Real de Atletismo Científico, da qual ele era o reitor.

O colégio está localizado no País dos Munchkins, mas não longe da Cidade das Esmeraldas. Para capacitar os estudantes a dedicar todo o seu tempo aos exercícios atléticos, como canoagem, futebol e semelhantes, o professor Besourão tinha inventado um sortimento de Tabletes de Aprendizado. Um desses tabletes, comido por um aluno após o café da manhã, capacitaria instantaneamente esse aluno a entender Aritmética ou Álgebra, ou qualquer outra área da Matemática. Outro tablete, comido após o almoço, daria ao estudante um conhecimento completo de Geografia. Outro tablete ainda possibilitaria

---

[2] "Inteiramente Instruído". (N.T.)

a quem o comesse falar as palavras mais difíceis, e mais um outro o capacitaria a escrever com uma bonita letra de mão. Havia tabletes para história, mecânica, culinária e agricultura, e não importava se os garotos ou garotas eram estúpidos ou brilhantes, porque os tabletes ensinavam tudo a eles em um piscar de olhos.

Esse método, que é patenteado na Terra de Oz pelo professor Besourão, economiza papel e livros, assim como tediosas horas dedicadas ao estudo em algumas de nossas escolas menos favorecidas, e também permite aos estudantes dedicar o tempo para praticar corrida, beisebol, tênis e outros esportes masculinos ou femininos, que ficam muito prejudicados pelo estudo nesses Templos do Aprendizado em que os Tabletes de Aprendizado são desconhecidos.

Mas isso aconteceu tanto que o professor Besourão havia adquirido o hábito de inventar e, cuidadosamente, inventou o Tablete da Refeição Completa, que não era maior do que um dedo mindinho, mas continha, de forma condensada, o equivalente a uma tigela de sopa, uma porção de peixe frito, de carne assada, uma salada e uma sobremesa; tudo isso dava a mesma nutrição que uma refeição completa.

O professor era tão orgulhoso desses Tabletes de Refeição Completa, que começou a alimentar com eles os estudantes de seu colégio, em vez de outros alimentos, mas os garotos e as garotas objetaram a isso porque queriam alimentos com sabor que pudessem apreciar. Não era nada engraçado engolir um tablete, com um copo de água, e chamar isso de jantar; por isso recusavam comer os Tabletes de Refeição Completa. O professor Besourão insistiu, e o resultado foi que a Classe de Veteranos agarrou-o um dia e o lançou no rio – com roupa e tudo. Todos sabem que o besouro não pode nadar, e então o inventor dos maravilhosos Tabletes de Refeição Completa foi parar irremediavelmente no fundo do rio por três dias, até que um pescador o pegasse pelas pernas com um anzol e o trouxesse à margem.

O estudado professor ficou naturalmente indignado com tal tratamento e trouxe toda a Classe de Veteranos para a Cidade das Esmeraldas, e apelou a Ozma de Oz que punisse os alunos pela rebelião.

Eu não imaginava que a governante menina fosse ser muito severa com os garotos e as garotas rebeldes, porque ela mesma tinha recusado comer o Tablete de Refeição Completa em lugar de alimento. Porém, enquanto ela ouvia o interessante caso em sua Sala do Trono, o Capitão Bill conseguiu levar o Pote de Ouro que continha a Flor Mágica até o quarto de Trot sem ser visto por ninguém mais, a não ser Jellia Jamb, a aia de honra de Ozma, mas Jellia prometeu não dizer nada a ninguém.

O Mágico também conseguiu levar a gaiola dos macacos para uma das altas torres do palácio, onde ele tinha um quarto particular e aonde ninguém ia, a não ser que fosse convidado. Assim, Trot, Dorothy, o Capitão Bill e o Mágico ficaram todos satisfeitos com o sucesso final de sua aventura. O Leão Covarde e o Tigre Faminto foram para os estábulos de mármore atrás do Palácio Real, onde eles viviam quando ali estavam, e também mantiveram segredo, recusando contar onde haviam estado até mesmo para o Cavalete, Hank Cabeça-de-Mula, a Galinha Amarela e o Gato Cor-de-Rosa.

Trot regou a Flor Mágica todos os dias e não permitiu que ninguém entrasse em seu quarto para ver os lindos botões de flor, a não ser suas amigas Betsy Bobbin e Dorothy. A maravilhosa planta não parecia ter perdido nada de sua magia por ter sido removida da ilha, e Trot tinha certeza de que Ozma apreciaria a planta como um de seus mais encantadores tesouros.

No alto de sua torre, o pequeno Mágico de Oz começou a treinar seus doze macaquinhos, e as pequenas criaturas eram tão inteligentes que aprendiam todos os truques que o Mágico lhes ensinava. O Mágico os tratava com muita delicadeza e gentileza e dava a eles a comida de que os macacos mais gostavam, de modo que eles prometiam fazer o seu melhor na grande ocasião do aniversário de Ozma.

A FESTA DE ANIVERSÁRIO DE OZMA

Parece estranho que uma fada fizesse aniversário, porque as fadas, dizem, nasceram no começo dos tempos e vivem para sempre. Em contrapartida, seria uma vergonha privar uma fada, que tinha tantas outras coisas boas, dos prazeres de um aniversário. Por isso, não precisamos nos espantar com o fato de as fadas contarem o próprio aniversário do mesmo jeito que as outras pessoas o consideram como motivo de banquete e alegria.

Ozma, a bonita menina, governante da Terra Encantada de Oz, era uma verdadeira fada e tão doce e gentil nos cuidados com seu povo que era muito amada por toda a população. Vivia no palácio mais magnífico, na cidade mais magnífica do mundo, mas isso não a impedia de ser amiga das pessoas mais humildes que habitavam seus domínios.

Gostava de montar seu Cavalete e cavalgar até a casa de uma das fazendas e sentar na cozinha para conversar com a boa mulher do fazendeiro, enquanto ela preparava comida para sua família; ou de brincar com as crianças e deixá-las cavalgar em seu famoso corcel de madeira. Também gostava de parar na floresta para falar com algum carvoeiro e perguntar a ele se era feliz ou se desejava alguma coisa para deixá-lo mais contente; ou de ensinar garotas pequenas a imaginar e planejar vestidos bonitos; ou de entrar em lojas onde os joalheiros e artesãos estavam ocupados e observá-los no trabalho, oferecendo a cada um e a todos uma palavra de incentivo ou um sorriso franco.

E depois Ozma sentava-se em seu trono cravejado de joias, com seus cortesãos preferidos que cuidavam dela, e ouvia pacientemente todos os pedidos que lhe traziam os súditos, esforçando-se para conceder tratamento e justiça igualmente para todos. Sabendo que ela era justa em suas decisões, o povo de Oz nunca reclamava de suas opiniões e seus julgamentos, mas os acatava, pois, se Ozma havia decidido contra eles, ela estava certa, e eles, errados.

Quando Dorothy, Trot, Betsy Bobbin e Ozma estavam juntas, poderíamos pensar que todas elas eram da mesma idade e que a fada governante não era mais velha nem mais "crescida" que as outras ali. Ela ria e brincava com elas da maneira comum às garotas, ainda que houvesse um ar de tranquila dignidade em Ozma, mesmo em seus momentos mais felizes, que de certa maneira a distinguia das outras. As três garotas gostavam dela com devoção, mas nunca se permitiam esquecer que Ozma era a governante real da maravilhosa Terra Encantada de Oz e por nascimento pertencia a uma poderosa linhagem.

O palácio ficava no meio de um belo e extenso jardim, onde cresciam esplêndidas árvores e floresciam lindos canteiros, e por todo lado havia estátuas e fontes. Podia-se andar por horas nesse parque fascinante e ver alguma coisa interessante a cada passo.

Em um lugar havia um aquário, onde nadavam estranhos e bonitos peixes; em outro ponto, todos os pássaros dali se reuniam diariamente em um grande banquete que os serventes de Ozma providenciavam para eles, e eram tão destemidos e confiantes que pousavam no ombro de qualquer pessoa e comiam na mão dela.

Havia também a Fonte da Água do Esquecimento, mas era perigoso beber de sua água, porque fazia a gente esquecer tudo o que sabia antes, até mesmo o próprio nome, e por isso Ozma colocou uma placa de aviso sobre a fonte. Mas havia também fontes que eram delicadamente perfumadas, e fontes de néctares deliciosos, com variados sabores, onde todos eram bem-vindos para se refrescar.

Em volta do terreno do palácio existia uma grande muralha, com reluzentes esmeraldas profundamente incrustadas, mas os portões ficavam abertos, e ninguém era proibido de entrar. Nas férias, as pessoas da Cidade das Esmeraldas com frequência levavam seus filhos para ver os maravilhosos jardins de Ozma, e até mesmo entravam no Palácio Real, se tivessem interesse, pois sabiam que eles e sua governante eram amigos e que Ozma ficava satisfeita em proporcionar-lhes prazer.

Tudo isso considerado, ninguém ficaria surpreso de que os habitantes de toda a Terra de Oz, assim como os amigos mais íntimos de Ozma e seus cortesãos reais, estivessem ansiosos por celebrar o aniversário dela e ultimar os preparativos para as semanas de festas que se aproximavam.

Todas as bandas de instrumentos de metal ensaiavam suas lindas melodias, pois deveriam marchar em numerosos cortejos que iriam percorrer o País dos Winkies, o País dos Gillikins, o País dos Munchkins e o País dos Quadlings, assim como a Cidade das Esmeraldas.

Nem todas as pessoas tinham condição de cumprimentar sua governante, mas todos podiam celebrar o aniversário dela, de uma maneira ou de outra, por mais longe do palácio que estivessem. Todos os lares e casas por toda a Terra de Oz ficavam enfeitados com bandeirolas e estandartes, e havia disputa de jogos e brincadeiras, e sempre eram bons momentos para todos.

Era costume de Ozma em seu aniversário oferecer um grande banquete no palácio, para o qual eram convidados todos os seus amigos íntimos. Na verdade, era um grupo estranho e variado, pois existem mais personagens incomuns e exóticos em Oz do que no resto do mundo, e Ozma estava mais interessada nas pessoas incomuns do que nas comuns – como você e eu.

Nesse aniversário especial da adorável governante, uma longa mesa foi montada no Salão Real de Banquetes do palácio, na qual havia lugares marcados com nomes para os convidados, e, em uma das pontas do grande salão, havia uma mesa menor, não tão alta, para os animais amigos de Ozma, dos quais ela nunca se esquecia; e na outra ponta havia uma grande mesa onde seriam colocados todos os presentes de aniversário.

Assim que chegavam, os convidados colocavam os presentes nessa mesa e iam procurar seu lugar na mesa do banquete. Porém, antes que os convidados se sentassem, os animais entraram em um solene cortejo e foram acomodados em volta da mesa por Jellia Jamb. Então, enquanto uma orquestra oculta por um arranjo de rosas e samambaias tocava uma marcha composta para a ocasião, Ozma, com sua dignidade real, entrou no Salão de Banquetes ladeada por suas damas de honra e tomou seu lugar à cabeceira da mesa.

Ela foi recebida com uma saudação por todo o conjunto de acompanhantes, e os animais uniram-se a isso com seus rugidos, grunhidos, guinchos, latidos, miados e cacarejos, que formaram um agradável tumulto, e então todos sentaram-se, cada um em seu devido lugar.

À direita de Ozma sentou-se o famoso Espantalho de Oz, com seu corpo estofado de palha, que não era bonito, mas sua natureza alegre e sua perspicácia o tornavam um dos favoritos de todos. À esquerda da governante estava sentado o Homem de Lata, com seu corpo de metal reluzente, pois fora bem polido para esse evento. O Homem de Lata era o imperador do País dos Winkies e uma das pessoas mais importantes de Oz.

Ao lado do Espantalho estava sentada Dorothy, e do lado dela estava Tic-Tac, o Homem-Máquina, que tinha vindo com toda a corda possível, de modo que não precisaria interromper as festividades e sair correndo atrás de mais corda. Depois vinham a tia Em e o tio Henry, parentes de Dorothy, duas agradáveis pessoas, já de idade, que tinham uma casa aconchegante na Cidade das Esmeraldas e viviam ali felizes e contentes. Em seguida vinham Betsy Bobbin e, sentado ao lado dela, o divertido e agradável Homem-Farrapo, que era muito querido por onde quer que andasse.

Do outro lado da mesa, em frente ao Homem de Lata, estavam Trot e, ao lado dela, o Capitão Bill. Depois estavam sentados Botão-Brilhante e Ojo, o Sortudo, e o Doutor Pipt e sua boa mulher, Margalot, e ainda o assombroso Homem-Sapo, que vinha representando o País dos Yips no banquete de aniversário de Ozma.

À outra cabeceira da mesa, de frente para Ozma, estava sentada a majestosa Glinda, a Bruxa Boa de Oz, pois esse era na verdade o segundo lugar de honra, após a cabeceira da mesa, onde estava Ozma. À direita de Glinda vinha o Pequeno Mágico de Oz, que devia a Glinda todas as artes mágicas que conhecia. Depois vinha Jinjur, a bela filha de um fazendeiro da qual Ozma e Dorothy gostavam muito. O lugar seguinte era ocupado pelo Soldado de Lata, e do lado dele estava o professor Besourão, I. I., da Faculdade Real de Atletismo Científico.

À esquerda de Glinda estava sentada a divertida Menina de Retalhos, que tinha um pouco de medo da Bruxa Boa, e por isso procurava comportar-se muito bem. O irmão do Homem-Farrapo estava ao lado da Menina de Retalhos, e depois vinha aquele personagem interessante, Jack Cabeça de Abóbora, que tinha deixado crescer uma grande e esplêndida abóbora que estava usando como nova cabeça no aniversário de Ozma e tinha esculpido nela um rosto com expressão ainda mais divertida do que a daquele que tinha usado na última vez. Novas cabeças eram comuns para Jack, porque as abóboras não se mantinham por muito tempo, e, quando as sementes, que serviam de cérebro, começavam a ficar molengas, ele percebia que sua cabeça logo estragaria e então procurava uma nova em seu grande campo de abóboras, cultivado por ele, de modo que nunca lhe faltasse uma cabeça.

Vocês devem ter notado que os acompanhantes do banquete de Ozma eram de certa forma bem variados, mas todos os que tinham sido convidados eram amigos de absoluta confiança da governante menina, e a presença deles a deixava muito feliz.

Nem bem Ozma tinha se sentado, de costas para a mesa de aniversário, notou que todos os presentes olhavam com curiosidade e prazer para alguma coisa atrás dela, porque a maravilhosa Flor Mágica estava desabrochando gloriosamente, e os grandes botões que depressa se sucediam na planta eram lindos de ver e preenchiam todo o salão com suas delicadas fragrâncias. Ozma queria olhar também, para ver o que é que todos admiravam, mas controlou sua curiosidade porque não seria adequado que ela visse antes da hora seus presentes de aniversário.

Por isso, a doce e adorável governante dedicou-se a seus convidados, alguns dos quais, como o Espantalho, o Homem de Lata, a Menina de Retalhos, Tic-Tac, Jack Cabeça de Abóbora e o Soldado de Lata, nunca comiam nada e ficavam conversando educadamente à mesa, tentando entreter e divertir os convidados que comiam.

E na mesa dos animais havia outro grupo interessante, entre os quais o Leão Covarde, o Tigre Faminto, Totó – o cãozinho preto e peludo de Dorothy –, o Mulo Hank, o Gato Cor-de-Rosa, o Espantalho, a Galinha Amarela e a Gata de Vidro. Todos esses tinham bastante apetite, com exceção do Espantalho e da Gata de Vidro, e a cada um deles tinha sido oferecida uma boa porção de comida de sua preferência.

Finalmente, quando o banquete estava quase para terminar e o sorvete ia ser servido, quatro serventes entraram carregando um grande bolo, todo enfeitado com glacê e doces em forma de flores. Em volta do bolo havia uma fileira de velas acesas, e no meio tinham sido colocadas letras em forma de doce formando as palavras:

Para OZMA
Bolo de Aniversário
Presente de
Dorothy e do Mágico

– Ah, que lindo! – exclamou Ozma, encantada.

E Dorothy disse, ansiosa:

– Agora você precisa cortar o bolo, Ozma, e cada um de nós vai comer uma fatia com o sorvete que temos no prato.

Jellia Jamb trouxe uma grande faca de ouro com o cabo cravejado de joias. Ozma ficou de pé em seu lugar e tentou cortar o bolo. Mas, assim que o glacê do meio do bolo se partiu com a pressão da faca, pulou dali de dentro um macaquinho de oito centímetros de altura, e foi seguido de outro e mais outro, até que doze macaquinhos ficaram juntinhos sobre a mesa e fizeram reverência a Ozma.

– Parabéns à nossa nobre governante! – exclamaram os bichinhos em coro, e então começaram a dançar, de maneira tão divertida e engraçada que todos os presentes caíram na risada, e até mesmo Ozma juntou-se à alegria geral.

Então, depois da dança, os macaquinhos realizaram alguns números de uma bonita acrobacia, em seguida correram para dentro do bolo, tiraram dali alguns instrumentos de metal dourado de banda – cornetas, trompas, tambores, etc. – e, formando um cortejo, os bichinhos marcharam para cima e para baixo na mesa, tocando uma bela canção com a facilidade de músicos experientes.

Dorothy ficou encantada com o sucesso de seu Bolo Surpresa, e, depois que os macaquinhos terminaram a *performance*, o banquete terminou.

Então chegou a hora de Ozma ver seus outros presentes, por isso Glinda, a Bruxa Boa, levantou-se e, pegando a menina governante pelo braço, guiou-a até a mesa onde todos os presentes tinham sido colocados em um arranjo magnífico. A Flor Mágica, é claro, atraiu logo sua atenção, e Trot teve que lhe contar toda a história de suas aventuras para conseguir a incrível flor. A garotinha não se esqueceu de dar o devido crédito à Gata de Vidro e ao pequeno Mágico, mas fora realmente o Capitão Bill quem corajosamente tinha tirado o Pote de Ouro da ilha encantada.

Ozma agradeceu a todos e disse que colocaria a Flor Mágica em sua sala íntima, onde ela poderia apreciar sua beleza e fragrância continuamente. Mas então ela encontrou a maravilhosa túnica de lã tecida por Glinda e suas damas, feita com fios de pura esmeralda. Como era uma garota que adorava roupas bonitas, pode-se bem imaginar como Ozma ficou extasiada ao ser presenteada com aquela belíssima túnica. Mal podia esperar para experimentá-la, mas a mesa estava carregada de outros presentes, e a noite alongou-se bastante, até que a feliz governante tivesse examinado todos os seus presentes e agradecido àqueles que lhe tinham gentilmente oferecido.

A FONTE DO ESQUECIMENTO

Na manhã seguinte à festa de aniversário, como o Mágico e Dorothy tinham ido passear pelos jardins do palácio, Ozma saiu e se reuniu a eles, dizendo:

– Quero ouvir mais de suas aventuras na Floresta Gugu e saber como vocês conseguiram trazer esses adoráveis macaquinhos para utilizá-los no Bolo Surpresa de Dorothy.

Então sentaram-se em um banco de mármore perto da Fonte do Esquecimento, e ambos, Dorothy e o Mágico, relataram suas aventuras.

– Fiquei terrivelmente confusa enquanto me tornei uma cordeirinha lanuda – disse Dorothy –, porque não me sentia nem um pouco bem. E não tinha tanta certeza assim, sabe, que voltaria a ser uma menina de novo.

– Você ainda seria uma cordeirinha lanuda se eu não tivesse descoberto a Palavra Mágica de Transformação – afirmou o Mágico.

– Mas o que se tornaram a noz comum e a noz-pecã nas quais você transformou aqueles horríveis animais feiticeiros? – perguntou Ozma.

– Ora, quase me esqueci deles – foi a resposta –, mas acredito que eles ainda estejam no meu bolso.

Então ele procurou em seus bolsos, tirou dali as duas nozes e mostrou-as a ela.

Ozma olhou para elas pensativamente.

– Não é direito deixar qualquer tipo de criatura impotente dessa forma – disse ela. – Olhe, Mágico, acho que você deveria transformar os dois novamente em sua forma natural.

– Mas não sei qual era a forma natural deles – objetou ele –, porque é claro que as formas de animais misturados que eles tinham assumido não eram sua forma natural. E você não deve se esquecer, Ozma, de que a natureza deles era cruel e traiçoeira, de modo que, se os trouxer de novo à vida, eles poderão causar muitos problemas.

– No entanto – disse a governante de Oz –, devemos libertá-los do atual encantamento. Quando você os restaurar para a forma natural deles, vamos descobrir quem realmente são. Certamente não devemos ter receio de duas pessoas quaisquer, mesmo que elas provem ser feiticeiras e nossas inimigas.

– Não estou tão certo disso – protestou o Mágico, balançando a cabeça careca. – O pedaço da magia que eu roubei deles, que foi a Palavra da Transformação, é tão simples, ainda que poderosa, que nem Glinda nem eu mesmo podemos igualar. Mas a palavra não é tudo, sabe, é a maneira como ela é pronunciada. Então, se os dois estranhos feiticeiros tiverem outra magia do mesmo tipo, podem se mostrar muito perigosos para nós, se nós os libertarmos.

– Tenho uma ideia! – exclamou Dorothy. – Não sou mágica nem fada, mas, se fizer o que digo, não precisaremos ter mais medo dessas pessoas.

– Qual é sua ideia, querida? – perguntou Ozma.

– Bem – replicou a garota –, essa aí é a Fonte do Esquecimento, e daí é que me veio uma ideia. Quando o Mágico disser a terrível palavra que irá transformar os dois em sua forma natural, ele pode torná-los incrivelmente sedentos também. Assim, vamos colocar um copo aqui do lado da fonte, bem à mão. Dessa forma vão beber a água e esquecer toda a magia que sabiam... e tudo o mais também.

– Não é má ideia – disse o Mágico, olhando para Dorothy com aprovação.

– É uma *ótima* ideia – afirmou Ozma. – Vá logo buscar um copo, Dorothy.

Então Dorothy correu em busca do copo, e, enquanto ela estava fora, o Mágico disse:

– Não sei se a forma original desses feiticeiros é a de homem ou de animal. Se forem animais, não vão beber de um copo, mas podem nos atacar primeiro e beber depois. Por isso é mais seguro para nós ter o Leão Covarde e o Tigre Faminto aqui para nos proteger se necessário.

Ozma tirou um apito de prata que estava preso a uma corrente de ouro e assoprou fortemente duas vezes. O som, embora não muito áspero, era muito penetrante e logo atingiu as orelhas do Leão Covarde e do Tigre Faminto, trazendo os dois grandes animais para perto deles. Ozma explicou a eles o que o Mágico estava prestes a fazer, e lhes disse para se manterem quietos a não ser que houvesse ameaça de perigo. Então, os dois poderosos guardiães da governante de Oz agacharam-se ao lado da fonte e esperaram.

Dorothy voltou e pôs o copo na borda da fonte. Assim sendo, o Mágico colocou a noz-pecã ao lado da fonte e disse em voz solene:

– Quero que você assuma novamente sua forma natural e que esteja com muita sede... Pyrzqxgl!

Em um instante apareceu, no lugar da noz-pecã, a forma de Kiki Aru, o garoto Hyup. Ele pareceu desnorteado no início, como se tentasse se lembrar do que tinha acontecido a ele e por que estava naquele estranho lugar. Mas estava olhando para a fonte, e o barulho da água lembrou-o de que estava com sede. Sem perceber Ozma, o Mágico ou Dorothy, que estavam atrás dele, pegou o copo, encheu-o com a Água do Esquecimento e bebeu até a última gota.

Sua sede passou, mas ele sentiu-se mais desnorteado do que nunca, porque agora não se lembrava de nada mais – nem mesmo de seu nome ou de onde tinha vindo. Olhou em volta para o belo jardim com uma expressão satisfeita, e então, virando-se, viu Ozma, o Mágico e Dorothy olhando para ele com curiosidade, e os dois grandes animais agachados atrás deles.

Kiki Aru não sabia quem eles eram, mas achou Ozma adorável e Dorothy muito agradável. Então sorriu para elas – o mesmo sorriso inocente e feliz que uma criança pode exibir –, e isso agradou a Dorothy, que tomou a mão dele e o levou para sentar-se do lado dela em um banco.

– Ora, pensei que você fosse um feiticeiro horrível – exclamou ela –, e você é apenas um garoto!

– O que é um feiticeiro? – perguntou ele –, e o que é um garoto?

– Você não sabe? – perguntou a menina.

Kiki balançou a cabeça. Então riu.

– Parece que não sei nada – disse ele.

– É muito curioso – afirmou o Mágico. – Ele usa a roupa dos munchkins, então deve ter vivido algum tempo no País dos Munchkins. Claro que o garoto não pode nos dizer nada de sua história ou de sua família, pois esqueceu tudo o que sabia.

– Parece um bom garoto, agora que toda a maldade saiu dele – disse Ozma. – Então vamos mantê-lo aqui conosco e ensinar a ele nossa maneira de ser... verdadeira e como levar os outros em consideração.

– Ora, neste caso, foi sorte dele ter bebido da Fonte do Esquecimento – disse Dorothy.

– É mesmo – concordou o Mágico. – Mas uma coisa notável, para mim, é como esse menino ainda conseguiu aprender o segredo da Palavra Mágica da Transformação. Talvez seu companheiro, que neste momento é esta outra noz, seja o verdadeiro feiticeiro, embora eu me lembre de que foi esse menino na forma de animal que sussurrou a Palavra Mágica dentro do buraco oco da árvore, onde eu a escutei.

– Bem, logo iremos saber quem é o outro – sugeriu Ozma. – Ele pode revelar-se outro garoto munchkin.

O Mágico colocou a noz perto da fonte e disse, com a mesma calma e solenidade de antes:

– Quero que assuma novamente sua forma natural e que esteja com muita sede... Pyrzqxgl!

Então a noz desapareceu, e Ruggedo, o Nomo, surgiu em seu lugar. Ele também estava olhando para a fonte e, pegando o copo, encheu-o de água e estava a ponto de beber quando Dorothy exclamou:

– Ora, não é o velho rei Nomo?

Ruggedo virou-se e os encarou, com o copo ainda na mão.

– Sim – disse ele com voz zangada –, sou o velho rei Nomo, e vou conquistar toda Oz e me vingar de vocês por terem me expulsado de meu trono. – Olhou em volta por um momento e então continuou: – Não há nenhum ovo à vista, e sou mais forte do que todos vocês e seu povo juntos! Não sei como vim parar aqui, mas vou lutar a luta da minha vida... e vou vencer!

Seu longo cabelo e barba brancos ondulavam na brisa; seus olhos irradiavam ódio e vingança, e tão assombrados e chocados eles ficaram com a súbita aparição desse velho inimigo do povo de Oz que só conseguiram olhar para ele em silêncio e evitar seu olhar selvagem.

Ruggedo riu. Bebeu a água, jogou o copo no chão e disse ameaçadoramente:

– E agora... e agora... e...

Sua voz tornou-se amável. Esfregou a cabeça com um ar incógnito e pegou na longa barba.

– O que é que eu ia dizer? – perguntou ele, suplicante.

– Não se lembra? – disse o Mágico.

– Não, esqueci.

– Quem *é* você? – perguntou Dorothy.

Ele tentou pensar.

– Eu... tenho certeza de que não sei – gaguejou ele.

– Não sabe quem somos *nós*, também? – perguntou a garota.

– Não tenho a mínima ideia – disse o nomo.

– Diga-nos quem é este menino munchkin – sugeriu Ozma.

Ruggedo olhou para o garoto e balançou a cabeça.

– É um estranho para mim. Vocês todos são estranhos para mim. Eu... sou um estranho para mim também – disse ele.

Então ele foi até a orelha do Leão e murmurou:

– Bom cachorro!

E o Leão rugiu com indignação.

– O que vocês vão fazer com ele? – perguntou o Mágico, perplexo.

– Primeiro o maldoso nomo veio aqui para nos conquistar, e agora ele bebeu da Água do Esquecimento e se tornou inofensivo. Mas vamos enviá-lo de volta ao Reino dos Nomos, onde logo ele vai aprender os velhos e maus hábitos de novo.

– Por essa razão – disse Ozma –, precisamos encontrar um lugar para ele na Terra de Oz e mantê-lo aqui. Porque aqui ele não pode aprender nenhuma maldade e sempre será tão inocente de malícia quanto o nosso povo.

E assim o andarilho e antigo rei dos nomos encontrou um novo lar, um lar pacífico e feliz, onde viveu bastante satisfeito, passando seus dias em prazeres inocentes.